KB130966

소정 민문자 제7시집

팔봉산

도서출판 청어

소정 민문자 제7시집

팔봉산

시작노트

인생은 긴 것 같으면서도 짧다.
인정하기 싫지만 노령산맥에 깊숙이 들어서고 있음에
어느 날 갑자기 하늘이 부르면 어찌해야 할까, 생각하게
되었다.
나의 좌우명은 '學行一致(배운 대로 행동하라)'
초등학교 졸업할 때 교장 선생님께서 당부하신 말씀이다.
태어나 받은 수많은 은혜에 감사하는 마음으로
'계속은 힘'이라는 말과 함께 나의 후배들에게도 전해주
고 싶어
지난해 9월에 졸작이지만 詩書畵 도록을 만들어
《소정 민문자 서예 展》을 열고
세상에 고맙다는 인생 갈무리 인사를 하였다.

차례

3부 효도와 우애

4부 고향

5부 문학기행

6부 좌우명과 애국심

7부 이상향

8부 부고

1부

팔봉산

팔봉산

내 어렸을 때 우리 동네
남정네들이 지게를 지고
나무하러 멀리 바라다보이는
팔봉산으로 자주 갔었지

해거름에 땔감을 지고 돌아올 때
잘 마른 가랑잎 솔잎인 나뭇짐 위에
진달래 꽃가지 나풀나풀 춤추던 모습
꽃 따라 날아오던 나비 영상의 회억

팔봉산은 얼마나 아름다울까
그 팔봉산이 하도 멀어서
한 번도 가보지 못했어요
그런데 올해 팔봉산을 넘으려 해요

길 떠나기 전에 뒤돌아보니
정리해 둘 것이 있었네요
인사 한마디는 해야지요
고맙습니다, 고마웠어요

노을꽃

인생은 긴 것 같으면서도 짧다
짧은 인생 어떻게 값지게 살까?
평생 배워가면서 살아도 모자란다
즐겁고 자유롭게 건강하고 유쾌하게
쉽지 않은 세상살이 최선을 다하자
정직하고 친절하게 미소 지으며 살자
웃는 얼굴에 침 못 뱉는다
내가 먼저 손을 내미니 두 손으로 맞더라
세상살이 정성스럽게 살자
정성을 다하면 하늘도 감동한다는 말
노을 앞에 서서 오늘도 내일도
이 말을 진리로 알고 살아간다

갈무리와 마무리

늦깎이 내 인생 이순(耳順)에서야
불붙은 마음 하고자 하는바
그 열정을 불태운 지 어언 20년
팔순을 맞고 보니 선배 인물들 퇴장 중

내게 문화예술을 가슴에 품게 하신 스승
서너 분은 근자에 저세상에 드시고
선배 문학인 예술인도 하나둘 와병 중이시다
누구나 예외 없이 사라져야만 하는 우리 인생

도를 닦는 심정으로 살아내야 하겠다
가야만 하는 불확실한 그때
웃으며 담담히 퇴장할 수는 없을까?
갈무리와 마무리를 생각해 본다

인생 팔 부 능선에 올라서 보니
허리와 팔다리에 힘이 빠지기 시작한다
삶을 갈무리해야지, 정상이 얼마 남지 않았다
내가 할 수 없는 인생 마무리 그것이 문제로다

노령산맥(老齡山脈) 앞에 서서

파란만장한 인생고개 넘고 넘어
허덕허덕 팔 부 능선에 올라섰다

지나온 발자국 뒤돌아서서 내려다보니
아기자기한 꽃밭에서는
즐거운 희망을 안아보고
마을 은행나무 보호수 아래서는
슬픔도 삭였네

황폐한 길 메마른 길과 가시덤불 헤치고
컴컴한 긴 터널도 통과해서 만난
누런 들판과 과수원 지나며 풍요도 누리며
파랑새의 지휘에 따라 노래도 불러보았지

아, 이제는 뒤돌아서서 다시 걸어야지
얼마 남지 않은 거리
정상엔 어떤 신세계가 기다리고 있을까?
아무도 모르는 전인미답의 길!

나흘간의 꿈나라

—소정 민문자 서예전을 마치고

많은 화환과 화분으로 장식된
높고 높은 하늘나라 푸른 천국
소정은 뭉게구름 위에 서 있었네

지난날 20여 년간의 파노라마에
소정을 사랑하는 선인들의 환호성
앞다투어 손을 잡고 축하하는 얼굴들

천천히 때론 급하게 올라온 산정 팔봉산
쉬지 않은 '계속은 힘'이란 말이 증명해 주었네
과연 정상은 더할 수 없이 아름다웠어요

이제 내려가야 할 하산길, 누구나 가야 할 길
고꾸라지지 않게 천천히 조심조심 걸어가야지
전시회 마지막 밤을 지내고 보니 모두가 꿈이었네

소정을 사랑한 분들에게 큰 소리로 인사합니다
아름다운 추억을 간직하게 해주신 여러분!
감사합니다 고맙습니다 사랑합니다

(2023. 9. 25)

팔순 잔치

환갑잔치 고희연 팔순잔치
이제는 이 모두가 옛이야기
수명이 길어진 백세시대라서 인가
자식놈들도 돈 봉투 건네주고
가족 단위로 식당으로 안내하고
식사 한번 대접하면 그만이다

우리가 어릴 때는 동네 어른의
잔칫날이면 온 동네가 법석이었지
차일 친 잔치마당 멍석 위에 음식을 나르고
풍각쟁이들 신나게 북 치고 장구 치는 모습
한 사흘 구경거리가 질펀했었네
이제는 모두가 까마득한 옛이야기

지지리도 못나고 허약하게 태어난 자신이
여름이면 학질 겨울엔 홍역 기침으로 자랄 때도
건강하지 못하여 어머니 가슴 많이 아프게 했지
이러다 팔순을 맞고 보니 참으로 감개무량하여
그동안 잊지 못할 인연을 이리저리 찾아서
경향 각지로 떡 상자를 보내며 셀프 잔치했네

노을꽃을 바라보며

누구의 말이던가, 있을 때 잘해!
팔순이란 연륜이 다가오니
생자필멸(生者必滅)이란 단어가 쫓아온다

12월 18일 늦게 피운 문학 시의 꽃 구마루 무지개
2013년 이래 처음 모신 스승님 앞에서
소정 후배들 앞세우고 자랑 자랑했지

12월 26일은 노을꽃 20명과 52주년 결혼기념 자축연
1994년 6개월간의 서강대 경영대학원 동문수학하던 벗들
이웃 나라 나들이하던 옛 추억 나눈 만찬 흡족했네

12월 29일 나라사랑문학회 기념식과 송년회
해박한 역사 지식을 제공하는 애국심 강한 단체에서
시 낭송한 소정 자작시 '행복' 그대로 행복이었네

12월 30일 6호선 월드컵경기장역에서 맹꽁이 열차 타고 오른
하늘공원에 하늘과 바람과 별과 시비 건립 희망 공론화
윤동주 시 공원 조성 청원 보고대회에서 구마루무지개 회원
정원순 낭송가 〈별 헤는 밤〉 시 낭송에 참석자 전원 환호!

인생은 긴 것 같으면서도 짧다
내가 먼저 손을 내미니 두 손으로 맞더라
2023년 새해에도 세상살이 정성 다하면서 살자

(2022. 12. 31)

생일상

높고 푸른 하늘 풍요로운 가을에
82회 생일을 맞이하는 가장을 위해
수원식단(隨園食單) 중국요리로 생일상을 마련했네
형님 부부를 모시고 우리 가족 모두가 모였지
이 정도의 건강을 유지하면서 몇 번이나 더
이렇게 오붓하게 생일을 맞이할 수 있을까
인간의 생명이 유한하다는 것이 한스럽지

자식 손자들의 왕성한 삶의 역동성을 바라보면서
마땅히 우리 세대는 사라져 주어야 하는 것을
그것이 인생이고 세상 순리인 것을 어찌할꼬
나라 없는 피압박 인간으로 태어나 해방된 조국에서
6·25 전쟁과 4·19를 비롯한 많은 사회변혁에도
운 좋게 낙오되지 않고 여기까지 달려와서 자랑스럽다
일찍 떠난 친구들 생각해 보면 지금 세상은 천지개벽이지

세상은 점점 더 살기 좋게 진화할 터인데
나머지 귀중한 시간을 어찌 가치 있게 보낼까
날마다 다가오는 오늘, 할 일은 많은데 하루는 너무나 짧다
다양한 인연과 문학 활동을 통한 사교모임에 계획대로
그날그날 최선을 다해 참석하고 즐거움을 얻으리라

저세상에 가서 옥황상제께서 어찌 살았느냐 하문하시면
'행복하고 즐겁게 살다 왔노라' 말할 수 있도록 살아야지

(2022. 10. 5)

세월 앞에 장사 없다

2009년 1월 2일 지아비 문촌 선생 69세
건장하던 모습으로 만성 신장병으로 입원
그 후 오늘 2024년 1월 19일 84세 되도록
일주일에 3회 신장 투석을 해왔네요
그간 혈전 등으로 혈관이 막혀 응급실과
인터벤션실과 입원실을 얼마나 드나들었던가

응급처치와 시술 수술 수회 겪은 환자
처음 병원에 입원했을 당시 문병오셨던
《서울문학》 한승욱 발행인은 뇌졸중으로
오랜 투병 현재까지 요양병원에서 요양 중
지팡이 짚고 백 보 걸음이 장하시단 낭보에
다소 기쁜 마음 어서 쾌유하시길 빈다

애국심 투철하시던 가족 없는 박용호 시인도
삼 년 전 허리를 다쳐 집안에서 외로이
투병 중이시라는 소식에 가슴이 먹먹
여기저기 시화전으로 전시회 열고
애국심 고취하며 활활 타오르던 그 열정
어두워진 귀 나팔 어찌 잠재우고 칩거하고 계시는지

치과의사로 드물게 《코리아 문학》을 발행,
시 세계를 확장해 보겠다던 최무송 발행인이 보낸
향기로운 난 화분 들고 문촌 선생 병문안 오시던
그 칼칼하던 박용호 선생님 위용이 엊그제인 듯한데
최무송 의사 시인 저세상으로 이사하신 지도
십 년 세월이 흐른 듯합니다

우리 인생과 그 겨울란(蘭)이 함께 16년을
어렵게 어렵게 잎과 꽃을 피우고 졌는데
올해는 가까스로 피운 한 송이 난꽃이
오늘 다시 응급환자 되어 택시를 부르는
우리 문촌 선생에게 향긋한 난향으로
힘내서 잘 다녀오라 눈짓하네

11시부터 인터벤션실 앞에서 1시 30분에
문이 열리고 이름 불러주기를 초조히 기다린다

문촌 선생 휠체어를 타고 시술실로 들어가고
나는 전광판에 시선을 집중하네
준비 중- 수술 중- 회복 중으로 변화할 기대치에
조바심하다가 휠체어를 타고 무사히 시술받고
나오는 얼굴 보니 가슴 저절로 펴진다
소정도 팔봉산을 훌쩍 넘고 나니 어깨허리 다리가 엄살하네

(2024. 1. 19)

팔순노인 만든 세월

세상의 하고많은 동식물 그중에
인간만이 자손의 영속성과
사회와의 공존성을 추구하는
만물을 다스리는 지혜가 있으므로
인간은 만물의 영장이라 했다

핏덩이 아가가 어린이가 되고
아무것도 모르는 어린이가 청년이 되고
청년이 성숙한 어른이 되지
자신의 분신인 아가를 보살펴서
어엿한 성인이 된 자식을 바라보자

자신보다는 나은 삶을 사는 자식 되기를 염원
많은 비용과 정성을 들여 교육한 자식들
보통 어른을 공경할 줄 알고 형제 우애하고
사회와 타협하여 잘 적응하는 삶을 지탱하면서
늙은 부모와 소통이 잘되면 그것으로 만족해야지

요즈음 주말마다 자식놈이 달려와 우리 부부
마사지 샵에 데리고 가서 한 시간 반 동안 온몸을 풀고
맛있는 점심을 함께하는 시간을 내어주어 고맙다
천방지축 개구쟁이가 의젓한 중년이 된 자식
어느새 세월은 우리 부부 팔순 노인네 만들었네

호두 선물과 건망증

단단한 껍질 호두알 속은 인간의 두뇌와 같이 생겼기 때문인가
불포화지방산이 풍부하여 건망증이나 치매 예방에도 좋고
우수한 뇌세포를 만들어내는 식품이라 어린이에게도 좋다고 한다
어릴 때 정월 대보름날 아침 호두 부럼을 깨던 생각이 난다

지난 설 이십여 일 전에 지인이 선물을 보낸다고 주소를 알려달라고 했다
아마도 설 명절이 다가오니 '미리 보내려나 보다' 하고 알려주었다
여러 가지 명절선물이 올 때마다 유심히 살펴보았지
그런데 이제나저제나 기다려도 그분의 선물은 설날이 지나도록 오지 않았다

그래서 할 수 없이 설이 지나고 며칠 후에 전전긍긍하다가
무슨 선물을 보냈느냐고 전화했더니 호두를 보냈단다
거실 한 귀퉁이에 망치로 깨 먹던 호두 봉지가 생각나서 그것인가 싶었다
그래서 내가 건망증으로 인사 못 했다고 미안하고 고맙다는 인사를 했다

그런데 오늘 외출했다가 귀가 중에 경비원이 택배물 보관소에서 택배를 찾아가란다
찾아와 보니 '1월 22일 석관동 우체국수납'이라 쓰여 있는 껍질 깐 호두알이었다
보낸 분한테 호두를 두 번 보냈느냐니까 한 번만 보냈단다
껍질 깨 먹던 호두는 내가 사 왔던 것, 이제야 생각이 났다 건망증이다

이 택배물은 미리 배달된다는 전화도 없었고 맡겨놓았다는 통보도 없었다
그동안 택배물은 언제나 우리 집 현관 앞에 도착해 한 번도 문제 된 적이 없었지
경비원에게 왜 진즉 안 알려주었느냐고 하니까 택배회사 문제이지 자기네는 상관이 없다네
내일은 관리소장에게 이런 물품관리 문제를 거론해야겠다

보낸 지 40여 일 후에 찾은 택배물, 건과물이기 망정이지 생선이었으면 어쩔 뻔했나?

(2024. 3. 3)

인생 황혼

사람이 세상에 태어나 유아에서 성인이 되기까지는
얼마나 많은 타인으로부터 도움을 받고 성장하였는가?
긴 것 같으면서도 짧은 우리들의 인생

알게 모르게 많은 사람의 도움으로
자신이 현재의 위치에서 사람 노릇을 하고 있는데
그것을 자각하고 겸손한 마음을 가지고 생활하는 자
이 세상에 과연 몇이나 될까요?

식물이 자라서 꽃이 피고 열매를 맺으면
결국은 시들어 죽고 마는 것처럼
우리 인생도 늙으면 세상에서 사라져야 하는 운명
그 과정의 노년이 당해보니 너무 서글프다

부모와 선생님 그리고 수많은 사회로부터의 도움에
그동안 나의 생활은 인생의 쓴맛 단맛 희로애락을
모두 경험한 어쩌면 열심히 살아온 수많은 이들 중
그래도 보람을 찾고 만끽한 행운아였다고 생각한다

그런데 인생의 정상이 팔봉산이었던가?
팔봉산에 오르고 보니 기억력 감퇴인지
가끔 알고 있는 것 같은데 건망증인지
입으로 나올 단어가 생각나지 않는다

그리고 감각이 둔해진 허리와 다리, 어깨가 아프고
긴 시간 보행이 어려워 일상생활이 여유롭지 않다
나무도 늙어지면 볼품없는 고목으로 변하는 것처럼
우리 인생도 그러려니 하고 감수하는 수밖에

얼마 남지 않은 짧은 나의 여명 어찌 보낼 것인가?
육체처럼 마음도 늙었으면 좋으련만
늘 마음은 청춘이니 이것이 문제로다

(2024. 3. 7)

팔 부 능선

평균수명이 길어져 백세시대란다
천년만년 살고 싶은 인간의 욕망
하지만 너도 가고 나도 가야지
노을꽃을 곱게 피우고 떠나고 싶다

내 인생 팔 부 능선에 올라서서
뒤돌아보니 그래도 참 대견타
여기까지 어찌 올라왔노?
누구도 피할 수 없는 마지막 능선

갈무리할 시간 몇 보 남았을까?
어이 쉬우랴, 한 발 한 발 조심조심
마지막 편안하게 눈을 감을 수 있게
욕심 내려놓고 웃으며 살다 가자

(2023. 7. 2)

2부

부부

동행

부부는 함께 걸어간다
고난과 행복을 함께한다
그리고 함께 늙어간다
남자 여자 둘이 서 있는 모습은 아름답다

혼자는 외롭고 쓸쓸해 보인다
팔순 넘은 부부 동행은 축복이다
요즈음 자주 지팡이 짚은 남자와 동행한다
이렇게라도 오래오래 이 남자와 동행하고 싶다

(2023. 5. 24)

부부

아침 식탁에서 서쪽 창밖 동산을 바라보니
앙상한 나뭇가지에 하얀 눈이 내린다
문촌과 소정 결혼 53주년 기념일
감개무량해서 발렌타인 17년산으로 건배를 했지
우리 집에 와서 20년도 더 된 술이다

인간이 세상에 태어나 일부일처로
반세기 이상 해로하는 비율은 얼마나 될까?
우리 부부가 가장 존경하는 어머니들도 경험 못 한
반려자와 함께 반세기 이상
동고동락해 왔다는 것이 못내 자랑스럽다

비록 우리 부부 건강한 몸은 아니지만
여기까지 목숨줄을 이어 왔다는 것
조상님들의 음덕에 힘입어 하늘이 내려준 수명
천명을 다할 때까지 서로를 존중하면서
늙은 부부 더욱 소중히 사랑을 살찌우고 싶다

(2023. 12. 26)

합방

낯모르던 처녀·총각 결혼해
아이 낳고 기른 후 서로 편해지자고
방 하나씩 차지하고 살아온 지
이십 년도 더 훌쩍 넘어섰는데
일 미터 사이는 두었지만, 합방이다

5인실 병실 한 귀퉁이
커튼으로 울타리 쳐
신방을 꾸민 우리 방
두 평은 됨직하다

내일모레 문촌 인조혈관 이식수술 준비로
간호사들은 발걸음이 바쁘다
오랜만에 한방에서 잠을 청해 본다
잠을 잘 잘 수 있을까?

(2023. 10. 10)

환갑잔치

환갑잔치 초대받고 건배사까지 했다
그 흐뭇한 가족과 참석자 광경
참으로 오랜만에 바라보았다
가난하던 시절에도 환갑잔치는 자주 열렸었지

아무리 어려운 집이라도 이웃과
최소한의 효의식(孝儀式)을 나누던 전통이
이제는 빈부 격차를 가리지 않고
환갑연이고 고희연이고 팔순잔치도 희귀하다

그 못 살던 때를 생각하면
지금은 얼마나 풍족한 세상이냐
세상 사람들이 이기심만 부풀어
이웃을 돌아보는 정신이 퇴색해진 세상

우리의 미풍양속은 접어두고 오직 개인
자신의 영달만을 추구하는 현대 사회생활에서
이렇게 가족 전체를 소개한 전시회
잘 살아온 주인공의 회갑잔치에 박수를 보낸다

(2023. 3. 4)

결혼식

요즈음은 청첩장도 우편으로 받아보기 어렵다
핸드폰으로 전자 청첩장을 보내는 것이 대세
거기에 마음 전하실 곳 신랑 측 신부 측 계좌번호까지
친절하게 적어놓았으니 참 편리한 세상이라고나 할까?
내 마음은 지인의 애경사에는 정성을 다하라 이른다

서울 시의원을 지낸 ○○여사의 장남 결혼식
정부 인사와 국회의원 시의원 등 저명인사들의 화환 가득
서울 한복판 호텔 결혼식장이 제값을 하느라 법석이다
평소에 잔정이 흐르는 야리야리한 미인이
저런 듬직한 아들을 둔 것이 믿어지지 않는다

수십 명이나 되는 우리 회원들도 세 사람만 참석했구나
결혼식 모습 영상에 담아 즉시 회원들이 볼 수 있도록 해야지
잘 어울리는 한 쌍의 신랑 신부의 즐거운 모습과
대견하게 바라보는 양가 부모님들 우아한 모습 이모저모
사진을 찍어 곧바로 우리 회원 카톡방에 실어주었네

(2022. 11. 27)

당신은 나의 하느님이오

아침 식사 중 오랜만에
맛난 한우고기를 구워 먹다가
마지막 세 점이 남았다

이제 이것은 당신 다 드시오
아니오, 내가 많이 먹었소
당신 드시오

당신은 나의 하느님이니
어서 많이 드시고 건강해지세요
결국 나 한 점 그대 두 점으로 끝냈네요

(2022. 9. 19)

삼 년 만의 외출

막역하게 지내던 분과의 정이 그리워
대중교통 이용 두 시간 걸려 찾은 송탄읍
코로나와 대상포진을 앓는 환란을 겪고
오랜만의 부부 외출
쑥고개로 널리 알려졌던 소읍이었다네

전철역 대합실에서 맞잡은 두 손
여전히 정감이 뜨겁다
처음 밟는 고장 숲속의 아파트와 상가들을
자동차로 휘돌아 자신이 살아온 터전을 소개하네
우리 정성을 담은 선물을 건네고 맛있는 오찬을 하였네

자신이 평소 잘 다닌다는 외진 산속 카페로 이동
많은 젊은 인파에 아래층 위층을 돌다가
겨우 바깥 베란다에 담소 자리를 얻었네
연신 선진국이 되었다고 매스컴이 떠들어 대더니
맛있는 케이크와 커피를 찾아 헤매는 자동차 행렬

놀라워라 변화된 식문화와 취미 생활상의 변화
시간 가는 줄 모르게 젊은 시절 추억담을 나누고
여러 종류의 맛난 케이크를 안겨주면서
청정한 자기 고장을 자주 찾아와 달라는 부탁을 받고
석양을 뒤로하고 귀가, 오늘 하루 지팡이도 애썼다

(2022. 12. 10)

격려

선달이라 영하로 기온 급강하
허리가 더욱 아파온다
그래도 주부니까 집안 정리에
설거지며 빨래를 한다

아픈 허리를 쭉 펴면서
여보! 나 격려 좀 해주세요
아, 우리 마누라 최고!
고마워요!

아픈 허리야 그대로이지만
기분은 좋다
이 맛에 평생 샌님 노릇만 하는
낭군과 그럭저럭 살았나 보다

(2023. 12. 5)

삼재(三災) 든 잔나비

절에 가서 입춘맞이 불공을 마치고 귀가
현관에 들어서자마자
영-감!
왜- 불-러!
떡 가져왔어-요, 나오세-요!

점심공양 대신 밤 대추 곶감 콩 섞인
깨끼떡 한 덩이 들고 와 소리쳤다
한 시진도 훨씬 넘은 점심 차리며
미안한 마음 얼렁뚱땅 날려 보내고
하루가 무사한 삼재 든 잔나비 띠

사이다 열무김치

새봄에는 사이다 나박김치를 담가 먹었다
요즈음은 사이다 열무김치다
사이다 물김치가 얼마나 달콤하고 시원한지
그대는 알까 몰라!

한 끼 식사에 한 보시기는 모자라서
아예 미리 김칫국물 한 컵을 준비해 두었다가
먹던 김치보시기에 섞어서 떠먹으면
시원하고 상큼한 입맛 최고!

참외열무 물김치

늘 물김치가 식탁에 오른다
겨울에는 동치미
봄가을에는 나박김치
여름에는 열무김치

올여름에는 참외열무 물김치다
소금에 절인 여린 열무에
나박나박 썬 하얀 참외 속살
그리고 사이다를 넣은 물김치

푹푹 찌는 한여름 밥상
달콤하고 시원한 물김치 덕분에
건강유지 하면서 역동적으로 산다
싱싱한 참외 여린 열무 맛 최고!

(2023. 8. 10)

설득

향기로운 리라꽃 냄새 진동하는
오월은 연일 화사한 날씨 가정의 달
모란이 곱게 피고 새가 우짖으니
날마다 기쁜 마음 풍선처럼 부풀어
어디든 가고 싶어 안달 난 계절이야

마침 옛날에 함께 공부하던 그룹에서
스승의 날 독립기념관 근처로 나들이 가자네
아름답던 옛 추억에 마음은 더욱 부풀어
우리 부부 동행하자고 문촌에게 제의하자
일언지하에 거절, 날벼락 맞은 기분!

그냥 부푼 마음 접을 소정이 아니지
오랜만에 별식으로 입맛을 돋우면서
갖은 언설로 녹여보아도 독야청청
날짜는 다가오고 옹고집은 난공불락
혼자 다녀오라는 말만 하더이다

두 번 다시 이런 기회가 없을 터
쉬지 않고 식사 때마다 공손히
사랑한다는 말로 양념을 쳐가면서
정성스럽게 맛있게 드세요
맛있게 드셨습니까? 노래를 불렀지

드디어 스승의 날이자 일요일에
함께 나들이 가자는 허락을 하네
지성이면 감천이란 말 헛말이 아니구나
그를 편안히 모시려면 차편이 좋아야지
구원투수 아들에게 전화했지

고맙게도 시간을 내 보겠다네
'청주 어머님 산소까지 다녀오자!'
가장이 덧붙이는 감격스러운 한마디
오월 하늘처럼 우리 마음 모두 푸르구나
히말라야 정상에 오른 듯하네

(2022. 5. 13)

이발소 2

매달 이발을 하던 문촌
지난해 앓던 대상포진 후유증으로
보행이 어려워 지팡이 짚고
집을 나선 7분 거리 이발소
세 번이나 쉬었다 가느라
오랜 시간이 걸렸다

내일이 추석인 대목임에도
주인 부부만 손님을 기다리고 있네
늙은 부부가 반가이 맞이하고
정성으로 이발을 해주어서인지
십 년은 젊어진 듯한 문촌의 귀가
지팡이 짚고 걷기도 참 힘들다

(2022. 9. 10)

소이부답(笑而不答)

외출했다가 돌아와
얼른 초코파이 한 개를 꺼내어
문촌 선생에게 건네주면서

나는 무엇이든 먹을 것을 얻으면
먹지 않고 가져와 당신께 드립니다
대한민국 일등 마누라지요?

그렇지요?
소이부답(笑而不答)이오!

(2023. 9. 27)

수첩 찾기

해마다 연말이면 자식들의 선물을 받는다
탁상용 월간계획표를 가져오는 아들
업무수첩과 손 수첩을 가져오는 딸년
이 물건들을 얼마나 요긴하게 사용하는지
올해도 벌써 두 달이 지났는데 가장 왈
올해는 수첩을 안 가져왔는가?
당신 책상에 가져다 놓았는데요!
아니라네요, 없다네요

가장은 업무수첩을 일기장으로 이용한다
내가 즐겨 쓰는 손 수첩은 있는데
몇 날 며칠 찾고 또 찾아도 없어요
오늘은 밤새 작정하고 찾았지요
그의 방으로 가서 다시 세세히 찾았어요
2023 노란 수첩, 여기 있네요
사과하세요!
아!, 그런가? 사과는 무슨…

1월 1일부터 이미 거기에 일기를 쓰고 있네요
업은 아기 삼 년 동안 찾았네요
미안합니다, 하세요!
미안합니다!
옆구리 찔러 그예 사과를 받았답니다

(2023. 3. 12)

호떡

우리 집 하느님이 호떡이 먹고 싶단다
찬바람이 나면 여기저기 길가에
호떡 장수가 많이 등장하더니
먹고사는 걱정 없이 부자나라가 되어서인가
근래에는 꿀 흐르는 그 달콤한 호떡 보기가 힘들다
구로역 2층 통로에나 가야 호떡 장수를 만날 텐데
마침 외출할 일이 있어 잘됐다 싶어서
걱정하지 말라고 호떡을 사다 드리겠다고 하고 집을 나왔다

귀갓길에 지인의 자동차에 동승하고 그만 구로역을 지나
쳤네
태산 같은 한숨을 쉬며 호떡 걱정을 하였더니
마트에 가면 호떡 재료가 있다고 알려주어서
처음 보는 호떡 믹스를 사 와서 만드는 법을 숙지하고
옛날 호떡장수들의 손놀림을 상기하면서 열심히 만들었네
사다 먹지!
내 모습이 어설퍼 보였던지 핀잔이다
묵묵부답으로 프라이팬에 식용유를 두르고 노릇노릇 구
워 냈지

참 좋은 세상이 된 것을 또다시 느끼네
생각처럼 예쁘게 만들지는 못했지만
계란 두 개를 넣어서인지
저녁 식사 대용이 된 호떡
하느님께서 참 맛있다고 하네
모두 열 개 중 네 개를 드시고 나는 두 개를 먹었지
나머지는 잘 두었다가 내일 먹어야지
이 좋은 것을 진즉 몰랐네!

(2022. 10. 25)

옥돔 고맙소

유난히 봄빛 맑은 날 택배가 도착했다
궁금증을 열고 상자를 열어보니
반건조 된 제주산 옥돔과 고등어
엊그제 전화로 문안 인사를 나누다가
와병 중인 우리 집 가장을 걱정해 주던 분이
잃었던 밥맛을 되찾아 주라고 보낸 듯하다
고마운 마음으로 정성껏 구워내어
대령하였더니 용케 밥그릇을 다 비웠다

오늘 저녁에는 남은 밥과 수수부꾸미와
또 옥돔을 한 마리 구워 상에 올렸지
맛나게 드셨어요?
음…
제 요리 솜씨 어땠어요?
빵점이요!
또다시 막힌 혈관 수술하고 기력이 쇠잔하더니
이제 회복되어 만족한 얼굴이다

(2023. 3. 26)

만추(晩秋)의 아침

계절은 어김없이 붉고 노란 단풍잎으로
산하는 물론 거리를 휩쓸고 있으매
이 사람 저 사람 발길은 한 해 농사 추수해서
잘 갈무리하느라 마음도 몸도 바쁘다

예년에 비해 따뜻한 날씨
아침상을 앞에 두고 달력을 보니
이 해도 다 날아갔구나
올해는 나의 해였나 봐!

3박 4일 제주도 봄 여행도 했지
이십여 명의 후배들과 뜻있는 한 해를 보냈지
멋진 12월 송년회가 12회나 기다리고 있지
나름 행복한 한 해였어요

그래, 다행이었소, 아홉 수 잘 넘기시고 새해를 맞으시오!
예, 우리 집 하느님 모두 당신 덕택입니다
오늘도 아침밥 맛있게 드셨어요?
음, 맛있게 잘 먹었소!

(2022. 11. 24)

약혼 기념일

오늘은 52주년 약혼 기념일
반세기도 전의 추억을 더듬어 보았네
가슴 두근대던 그날을 회상하면서
묵혀둔 오디주로 건배하고 아침 식사를 했지

마침 이때 부부 동반 송년회 메세지가 날아왔네
크리스마스 다음 날인 우리 결혼기념일이라네
백 세 시대라고는 하지만 팔십 세를 넘기면서
부부 해로하는 것도 상당한 축복인 것 같네

그날은 우리 부부 필히 참석하여 자축하면서
동문들에게 기꺼이 만찬을 대접해야지
수십 년간 사랑만 받아왔는데 갚을 기회가
자연스레 와주는구나 싶어 우선 공표했네!

(2022. 11. 10)

3부

효도와 우애

우애

동기간의 우애는 당연지사인데
가끔 그렇지 못한 이야기가
세상에 회자하는 수가 있다

다행히 우리는 시집 쪽에나
친정 쪽 모두 무던하게 지내는 편이다

보훈의 달에 열린 인천대공원의 시화전 폐막식에
참가하기 위해서 인천 사는 남동생에게 운전을 부탁
시 낭송하는 후배들을 데리고 개봉역을 출발
송내역에서 남동생의 도움으로 편히 행사장에 도착했지
덕분에 폐막식 후 소래 횟집까지 가서 즐긴 행복한 하루였다

오늘은 종로3가 국일관 이 대감 식당에서
형님 내외분과 우리 부부가 맛난 점심을 먹었다
팔순이 넘은 형제는 우애가 돈독하다 못해
형님 댁은 동서가, 동생인 우리 집은 남편이 신장 투석 환자
매달 만나 빠르게 흘러가는 세월을 아쉬워하고 있다

(2022. 7. 3)

형제

칠십 년도 더 지난 6·25 한반도 남북전쟁은
열 살 열네 살 형제에게는 벼락을 맞은 일이다
마흔한 살 아비를 잃고 마흔두 살 어미와 함께
고향 산천을 떠나 남으로 남으로 피난 행렬에 끼어 가다
경상도 아포면 소재지에 닿았다
의지가지없는 타향살이 끼니 걱정만도 서러운데
열 살 소년은 피난민이라고 놀림을 당하면서
아포초등학교 아포중학교를 졸업하고 상경 고학으로
야간고등학교 야간대학을 거치면서 서울살이를 하였다
서른 살이 된 동생 노충각에게도 꿈이 있고 복이 있었던지
어쩌다 맞선을 보게 되었다 이게 웬 떡이냐?

한 송이 백합화 같은 소녀와 동짓달 약혼식을 하고
새봄에 결혼식을 하자는 신부 측을 설득
크리스마스 다음 날에 결혼식을 하고 울타리를 쳤다
아들딸 삼 남매를 낳아 행복만을 구가할 시기에
날마다 형님댁에 자손이 없다고 푸념하시는
고생만 하셨던 어머님 심사를 편안케 해드릴 방법으로
어쩔 수 없이 막내 아이를 형님댁으로 보낼 수밖에 없었다
겨우 집 한 칸씩 마련해서 살던 형제는
대장부의 꿈을 이루고자 했던 욕심이 있었던가

앞서거니 뒤서거니 월급쟁이를 마다하고
사업을 시작하더니 앞서거니 뒤서거니
두 분 다 실패하고 끼니가 간데없게 되어
왕년의 한 송이 백합화 같던 여인도
두 팔 걷고 번잡한 세상으로 나와서
요구르트 판매원, 구멍가게를 운영하다가 주경야독하면서
제2의 사업을 시작한 남편의 내조에 일조하였네
남동공단 1,000평 대지에 700평 공장 신축
많은 사원과 준공식에 직원을 위한
식당 운영은 얼마나 보람 있었던가

인천 시내에 내로라하게 알려졌던 중견 건설회사가
20년도 못 버티고 손들고 만 그날을 잊을 수가 없다
불운하다고만 할 수는 없었다
하늘이 무너져도 솟아날 구멍은 있다고 했던가
돈만 들어가던 주간신문사만이
살길인 줄 알고 매달렸으나 역부족이었다
그 덕에 왕년의 한 송이 백합화는 산전수전 공중전
다 겪고 이제는 팔순의 고개 숙인 할미꽃이 되었네

이제 뒤돌아보니 고생 많이 하신 어머님
89세 영면하실 때까지 지극 정성으로 모셨고 슬하
삼 남매 모두 제 앞가림 잘하고 있으매 얼마나 다행인가
가끔 늙은 형제가 만나 그저 무심히 맛난 음식이나 권하고
양쪽 집 신사생 신장 투석환자 건강 이야기가 주제
구봉산 아래에서 이만도 행복하다 할까?
형제 부부의 이 행복은 모두 삼 남매가 있음이라
얘들아! 고맙다

(2022. 12. 5)

형수와 시동생

형수와 시동생
가장 가깝고도 먼 사이
이제 구순을 바라보는 신사생 동갑
구순 고개는 멀기만 하다

아직도 자동차 운전을 잘하시는 87세 형님은
아내와 동생 걱정이 자심하여 아침마다
동생에게 카톡으로 안부를 묻는다
신사생 뱀띠 신장 투석환자들

오늘도 안녕하기를
동두천과 서울 개봉동에서
무선으로 건네는 대화
형님과 아우 정이 자별하다

(2020. 8. 1)

삼 자매

지리산 오도재 넘어 화엄사에서 묵던
2박 3일간 어머니와의 아름답던 추억
환상으로 날아와 그 시절을 그립게 하네
어머니 자주 모시고 나들이하자던 생각은
공수표가 되고 십오 년이 훌쩍 흘러버렸구나

어머니 안 계신 빈자리에 60대 70대 80대
세 자매와 그 배우자 여섯 명 한자리에
모이기가 어찌 그리 힘들었노?
대장인 이 맏이가 변변치 못한 탓이로다
입춘도 지나서 모여라! 서둘러 호각을 불었지

일요일 정오 우리 동네 이름난 정육식당
남자 여자 두 군데로 나누어 앉아
어색한 분위기 일신하고 자주 만나자 했지
모두 슬하 제 자식 손자 이야기꽃 피우고
고기 맛 냉면 맛 일품이라니 기분이 좋았네

(2023. 2. 28)

참조기 효도

늘 바쁜 아들
현관에 들어서자마자
되돌아가는 기척

여보!
아들이 조기를 사 왔다오!
얼른 나와 보시오

애게! 새끼 조기 다섯 마리네!
닫혔던 현관문이 벌컥 열린다
한 마리 2만 원씩 주고 사 왔어요!

아, 진짜 참조기인가 보다
지름 6cm 길이 20cm
효도하는 그 마음 몰라준 어미

동식물 필수 아미노산 우유 한 상자와
참조기 다섯 마리가
부끄러운 어미 손길을 기다리고 있다

(2023. 10. 9)

경옥고(瓊玉膏)

포항발 하얀 스티로폼 상자가 배달되었다
아들이 또 귀한 생선을 주문해서 보냈나?
내용물을 꺼내 보니 비단 주머니에 싸인
금장 장식을 한 검은 오동나무 상자
나무상자를 열고 보니 정교한 비색 도자기
도자기 뚜껑을 열고 보니 금박지로 봉해져 있네

이름만 듣던 경옥고
자랄 때 우리 마을에 늙은 부자 형제가 살았지
해마다 가을 추수 후에는 경옥고를 만든다는데
인삼과 값비싼 약재를 넣고 몇 날 며칠
아궁이에 뽕나무만 태워 만든다던 말이 기억나네
황소 한 마리 값이 들어간다고 했었지

하나하나 모두 정성이 돋보이는 윤기 나는
검은 고약 같은 경옥고 한 티스푼씩
미온수에 타 마시면서 부자만 먹는 줄 알았는데
소정이 감개무량해서 우리도 부자가 되었나? 하니
아들이 부자가 되었지! 아비도 감동했나 보다
어머님께 지극정성이던 문촌 덕에 소정도 호강하네

(2022. 8. 13)

카톡 시대의 대화

아부지 다음 주엔 어디 가고 싶으세요?
1. 조박집(마포 돼지갈비)
2. 송림각(개봉동 중국집)
3. 진미(마포 간장게장)
4. 목란(연희동 중국집)

다음 주 저녁은 연희동 목란으로 하였으면 한다
짜장면 한 그릇 먹고 싶다

목란 예약 가능한 시간 19시 30분
시간 어떠세요?
Ok

ㅋㅋ
아부지 예약을 잘못했음
17일에도 소고기 드셔야 함

아들아!
내일은 네 생일이구나
미역국 끓여놓을 테니 아침에 와서
셋이서 함께 아침밥을 먹자꾸나!

엄마님
당분간 아들 바빠서 아니 되오니
생일상 주시는 건 아들 환갑까지 기다려 주시오소서

너의 생일을 축하해주고 싶은데
유감이네, 아빠와 둘이서만 먹어야겠네!

(2023. 6. 12)

스승의 날에

우리 부부 친구 같은 스승
시골 사시는 그 댁에 가자는 제의가 왔다
코로나 시대와 이런 이유 저런 이유로
참 오랜만에 만나 반가움을 펼쳤다
서울에서 큰 인기를 끌던 부부 명사의 환대
하늘 아래 제일 편안한 땅 천안으로 와서 산다네
손수 지어주는 맛난 점심 오래 기억되리라
짧은 만남 아쉽게 석별의 정을 나누고
내 인생의 참스승은 이제 생각해 보니 어머니라
아들이 모는 천리마를 타고 고향으로 내달려갔지

지지난해부터 고향 선영에 누워 계시니
어찌 오늘 찾아뵙지 않으리
찔레꽃 하얗게 핀 언덕 올라선 산마루
증조부 발아래는 융단을 펼쳐놓은 듯 원추리꽃 무더기
비껴 위로 조부님 부모님 숙부님 산소
남동생이 자주 오가며 얼마나 지극 정성으로
산소를 보살폈는지 잘 다듬어준 흔적 고마워라
정성으로 준비해간 제물을 꺼내어 진설
윗대부터 순서대로 네 군데를 옮겨 다니며
백화수복 정종 술잔을 올리고 조상님들께 절했네

지난해 늦가을 어머니 곁에 묻어둔 국화꽃 화분
메마른 흙 속에서도 새싹이 돋아 잘 자라고 있네
얼른 물을 가져다 적셔주었지
생전에 꽃을 좋아하시고 화분을 잘 가꾸시던 어머니
올가을에도 곱게 핀 국화꽃 아버지와 즐겨보시도록
가끔 이슬비라도 내려서 잘 길러지면 좋겠다

(2022. 5. 15)

스승과 제자

팔순이 내일모레인 제자 넙죽 절하니
초임교사 시절 그 환한 미소 그대로
모란꽃 얼굴 두 손 맞잡아 일으켜주시네
68년 전을 떠올리며 그 시절 학교 풍경에
노란 머리 얌전했던 소정을 기억하시네

어린 시절 수많은 스승 다 어디 가셨는지
철들자 노망든다던가 너무 늦은 깨우침
이제야 스승님들 안부가 궁금한데
구순이나 팔순이나 도긴 개긴 황혼열차에서
오직 한 분 만나 뵙는 행운 반가워라

스승님 소녀처럼 상기된 얼굴 감격에 겨워
또 만나자 자주 만나자 귀가 후 바로 전화 주셨네
오늘 날짜를 기록해 놓으셨다네요
그래요 해마다 음력 유월 스무하루는 잊지 않아요
선생님 오래 사세요 행복하세요 건강 조심하세요

(2022. 7. 31)

스승의 은혜 가이없어라

아침부터 설레던 마음 진정시키며
사랑하는 후배들과 장거리 택시를 탔지요
우이시 406회 낭송회에 참석하기 위해서

스승님 뵈러 오는 소정을 지원하기 위해
우이동 솔밭공원역 2층 시민청에
속속 모여든 십여 명의 후배들 고맙소 고맙소

지진아 지도하시느라 애쓰신 스승님
제6시집 『화답시』를 들고 소정이 왔나이다
맛난 호두과자와 고소한 두유를 들고 왔나이다

산천초목 꽃피고 새우는 아름다운 이 계절에
꽃이 되고 새가 되어 스승님 더욱 행복하시라고
즐겁게 시도 읊고 노래도 들려드리겠나이다

제가 못하는 노래는 목소리를 빌려서라도 들려드리지요
꾀꼬리를 빌려왔습니다 목소리 예쁜 꾀꼬리입니다
청아한 이 노랫소리 들으시고 부디 만수무강하소서

(2022. 4. 30)

증편

어릴 때 잔칫집에서나 보던 증편
술떡이라고도 했는데
인터넷 세상에서 맛이 좋아
날개 단 듯 여기저기서 주문이 쇄도하는지
떡 공장에서는 연신 트럭에 떡 상자를 싣는다

어느 행사에서 선물로 받아 먹어보니
참 맛이 좋았다
그래서 숙부님 제삿날과 동기간 생일에
증편 떡을 주문해서 택배로 보냈더니
모두 맛 좋다고 환호성이다

간단하게 사례를 해야 할 분이나 생일인 분에게
축하 떡으로 보내도 좋고 간식으로도 훌륭하다
인터넷 온라인 세상과 빠른 택배 문화에
어제 보낸 떡 상자를 아침 일찍 받았다는 회신이 왔다
참 좋은 세상이다 선진국임을 실감한다

(2023. 6. 26)

당찬 주부

기온이 뚝 떨어진 11월
딸이 올해 처음으로
김장김치의 꿈을 안고
두 평 반의 땅을 빌려
주말농장에서 기른 채소
주인공은 배추와 무

어리어리해서 늘 걱정했는데
당찬 주부가 되어 가져온 맛보기
배추 두 포기와 무 네 개
고추 파 마늘 생강 어간장 섞어 만든
무생채와 노란 고갱이 배추쌈
고소한 애정에 딸 걱정은 이제 뚝!

(2023. 12. 6)

기쁜 소식

살다 보면 슬픈 일도 있고 기쁜 일도 있지
오늘은 희소식 중의 희소식이다
뉴욕 카네기홀에서 시 낭송을 한다네

어려운 환경에서 부모님을 극진히 모시며
남매를 잘 길러 장남은 고교 교사가 되고
딸은 아직 대학생으로 열심히 공부하고 있다네
시 낭송이 인연이 된 우리는 모녀 같은 사이
십여 년 전에 나에게 시 낭송을 공부한 후배

그녀가 어려운 일에 봉착하면 가슴 아리고
이 같은 희소식에는 내 일처럼 기쁘지
'구마루무지개' 꿈을 활짝 피우는 시 낭송가
평소에 〈꿈으로 가는 열차〉를 그렇게나 애송하더니

세종대왕이 만드신 한글의 우수성과 K팝과 함께
K낭송을 알리는 문화사절단으로 8박 10일간
아메리카를 여행한다니 진정 청출어람(青出於藍)이구나
그녀의 이상적인 꿈의 열차 부디 성공하기를 비네!

(2023. 5. 30)

카톡 전자시대

처음 간 여행지에서 건강은 잘 유지하고 있나요?
D-day 하루 전 얼마나 긴장이 될까요?
평소대로 느긋한 마음으로 그 예쁜 목소리 그 몸짓으로
아름다움 많이 선물하고 개선장군 되어 귀국하기를

네, 전 건강히 일정들을 잘 소화해 내고 있습니다
잘하고 돌아갈게요
감사합니다

전자시대 카톡시대의 선물
서울과 뉴욕 빛의 속도로 태평양을 관통
메시지를 서로 주고받을 수 있다니
우리는 정말로 꿈으로 가는 열차를 타고 있나 보네요

화려한 카네기홀 시 낭송 콘서트
그 아름다운 날갯짓 환상적인
문화사절단 일원으로서 K문화 K시 낭송
즐겁게 펼치고 오도록 기도합니다

(2023. 5. 19)

가는 정 오는 정

서양인과 동양인의 의식구조는 정반대인가
라틴어로 Do ut Des(도 우트 데스)
네가 주니까 내가 준단다
우리는 어려서부터 이렇게 배웠다
가는 정이 있어야 오는 정이 있다
겸양지덕의 동양철학 때문일까?

고향에 다녀왔다며 건네는 햇미역 선물
오늘 저녁에 떠나 사우디 직장에 복귀해야만 하는데
어이 짬을 냈을까? 가슴 벅차다
나는 답례로 사막생활을 잘 견디도록
내 스승의 시 전집을 주었지
이 봄엔 미역국을 먹으면서 남해를 사랑하겠네

집에 돌아와 보니 달걀 한 판이 현관에 있네
윗집 교장댁 사모님이 오셨다 가셨단다
대추와 호박고지 듬뿍 넣은 쑥버무리 해 먹다가
불현듯 와병 중이라시는 교장선생님 생각을 했었지
오는 정 가는 정 가는 정 오는 정이 있어
코로나 방역 시대라도 건강하게 지낼 수 있는가 보다

(2023. 3. 29)

인삼(人蔘)

수삼(水蔘) 한 상자 선물 받았네
딸 같은 젊은 아낙
귀한 먹거리를 보면
제 어미에게나 보낼 것이지
과연 이 귀물을 받을 자격이 있는가
두근대는 가슴에게 자문하게 하네

열이 있을 때는 인삼을 삼가랬지
코로나19 바이러스 감염 자가격리 중이라
우선은 선물을 냉장고에 보관 중
회복기까지 상하지 않기를 기도하네
누구보다도 바쁜 그녀 마음 씀씀이에
더욱 겸손한 봉사를 해야지 결심하네

(2022. 8. 25)

손님 접대

동양서예협회 공모전과 한 중 일 초대작가전에
서예 작품을 출품한 지도 11년이나 되었다
이제 이사가 되어 조직의 일원으로 전야제에
참석하여 손님을 맞이하고 만찬을 함께하였다

성곡 임헌기 이사장께서 와병 중이셔서
올해는 임국환 본회 부이사장께서 주관하여
중국과 일본에서 오신 손님들을 맞이하고
인사소개와 건배사를 마치고 기념사진을 찍었다

우선 중(中), 일(日) 작가들에게 홍삼 선물을 하고
음으로 양으로 도와주며 통역해 주시는
중국 작가와 일본 작가에게 감사패를 안겼다
나는 시집 '금혼식'과 '화답시'를 선물하였지

즐거운 식사와 환담을 하다가
임국환 부이사장께서 문촌의 시
'나 당신 사랑해'를 낭독하셔서
'나도 당신 사랑한다'로 화답시를 읊었네

더욱 화기애애한 분위기가 이어지자
일본 손님들이 과자 선물을 내놓아
후식으로 나누어 먹었는데
내 몫은 문촌 생각에 가방에 싸 넣었지

(2023. 6. 10)

호박죽

호박이 넝쿨째 왔네요
호박사랑 호박죽입니다

이 동지섣달에 어린 시절의
어머니의 손맛 같은 호박죽

팥과 찹쌀 넣어 잘 끓여낸 호박죽
호박죽 선물 받았어요

추운 날에 먹는 호박죽 맛이라니
추억도 먹고 사랑도 먹었습니다

(2022. 1. 15)

설록차 선물

오설록 차 선물이 왔어요
예쁜 포장부터 고급스러운 문양의 디자인

높은 가격에 사 온 트임기법의 찻잔을 꺼내왔지
오래된 사기 주전자도 꺼내와서
차 봉지 하나를 담은 다기에 끓인 찻물을 부으니
금방 담홍색으로 우러나는 찻물, 향기롭네

앙증맞은 나오리 찻잔에 따르니 딱 두 잔
볼그레한 빛 감미로운 오설록 동백꽃 찻물
문촌과 소정의 입이 격조 있게 호강하네
치과 병원에서 보내온 선물, 잇몸이 튼튼해지려나?

처음으로 병원의 선물을 받아보니 어안이 벙벙
친절한 의료 혜택 사후 서비스 많이 발전했어요

(2022. 7. 8)

우리 집 쌀바가지

시집올 때 함께 따라왔던 됫박바가지와
옛날 쌀바가지는 이제 흔적도 없지
아침저녁 부엌에서 제일 먼저 꺼내는 것은
노오란 플라스틱 쌀바가지다

주둥이가 마모되고 흠집이 나 보기 흉하니
이제 버려야지 하면서도 못 버리는 쌀바가지
1970년대 말 이사한 친구 집에 선물로 가져간
대·중·소 노오란 플라스틱바가지 세트

친한 친구가 흐뭇해해서 귀가하면서
우리 집에도 똑같은 물건을 구입해 왔지
그중에 중간 크기 바가지는 이제껏
쌀을 씻어서 우리 식구를 먹여 살렸다

결혼할 때 가져가 잘 살라고 건네주던
초가지붕에서 기른 됫박바가지와 쌀바가지
창호지로 포장하여 인절미까지 담아
정성으로 건네주던 학부모 얼굴 어른거리네

미려하면서도 견고한 플라스틱바가지에게 밀린
옛 조롱박과 쌀바가지들은 구경조차 힘들지
너도 소용없으니 이제 사라져 주어야겠다
그 얼마나 벼르던 일이냐 새 바가지를 사련다

(2023. 11. 27)

푸드 선물

암울한 이 시기에 가장 중요한 먹거리
法古創新의 정신으로 신세대와 구세대를 아우르는
사업 성공은 아무에게나 주어지지 않지
얼마나 밤잠을 설치며 연구와 연구로
세대 간의 불통을 소통으로 이끄느라 애썼을까

구세대가 좋아하는 메추리알장조림 달걀장조림
직장생활에 바쁜 신세대에게는 한 끼 달걀구이와
여러 가지 즉석 샐러드 재료
아이들 기호식품으로는 밀크푸딩 바나나푸딩 초콜릿푸딩
풍림푸드 최고! 풍림푸드 대박 기원합니다

삼종지도(三從之道)

삼월이라 강남 갔던 제비도 오겠구나
봄빛 해맑은 일요일 아들 덕분에
우리 부부 자동차 뒷좌석에 편히 앉아
동두천에 사시는 형님 내외분을 뵈러 갔다

한적한 한식당에서 늙은 형제 부부에게
맛난 한우고기를 구워 각각 담아주면서
가족애를 흠뻑 베풀어 주는 자식
돌아가신 어머니께서 하셨던 말씀 떠오르네

'머리에 앉은 먼지도 아까운 녀석!'
아들에게 옴짝 못하고 아들이 하자는 대로
살아가야 하는 노년 예전엔 미처 몰랐지
고맙기도 하고 미안하기도 하다

(2024. 3. 24)

4남매와 자손들

봄꽃이 피어나는 삼월 말일 일요일
어머니 가시고 3년 7개월 만에야
경향 각지에서 모여든 우리들
한자리에 앉아 오찬을 즐겁게 했어요

우리 4남매에 딸린 자손들
어머니 고 정정숙 여사 바람대로
모두 성숙하게 잘 자라고 있어요
오늘 모습 하늘나라에서 보셨나요?

어느새 칠팔십 노인 된 4남매는
잘 자라서 성인으로 제 역할 잘하는
종손과 큰놈들 덕에 흐뭇한 시간
격조했던 이야기꽃을 피웠어요

정기적인 만남의 약속은 해마다
3월 마지막 주 일요일로 했어요
올해 불참한 자손 내년에 보고요
즐겁게 건강하게 우애롭게 살게요

(2024. 3. 31)

4부

고향

시(詩)의 귀거래사

자신이 언제나 어디서나
필요한 존재인 줄 알았네
행복이 있으면 불행도 있고
오름이 있으면 내림도 있음인데
누구나 늘 환호하며 반겨줄 줄 알았지
훨훨 날아다니던 영광의 날이
이렇게 짧을 줄이야 이렇게 짧을 줄이야

십여 년간 방랑생활에 그리움이 울컥
남의 집이 아무리 좋다한들
타향살이 남의 집인 것을
초가삼간 내 집만 할까
그래 내가 태어난 집으로 가자
돌아가자 내 뿌리가 있는 곳
쑥부쟁이 향내 나는 향내 나는 그곳으로

(2023. 1. 27. 금)

고향 생각

인생길 팔봉산에 오르니
고향 땅 생각 절로 난다

삼 년 전에는 어머니
지난해는 다정하던 아주머니
고향 땅의 고혼이 되시니
이제 날 반겨줄 이 누가 있으랴

어머니와 함께 우리 형제들
기억할 동네 사람 몇이나 될까?
그래도 효심 깊던 아주머니 아들
그 동생이 나를 끔찍이 좋아하지

고향을 오래오래 지키는 굽은 소나무
선물을 보내서 고마움을 전해야겠네

(2023. 8. 31)

고향 집

늘 그리워하는 마음
어머니와 동생들 목소리
아직도 살아 튀어나올 듯싶은 곳
오랜만에 찾아가 보니
집도 나이 들어 폭삭 늙어버렸네
누추한 모습 감추려 안간힘 쓰는가
마당엔 꽃양귀비만 가득하네

도시로 편입된 고향 마을
근방은 도시개발로 아파트 난립
아파트 부지가 될 위기
주인인 남동생도 몹시 심란한 표정
어느 날 흔적도 없이 사라질 고향 집
아무도 살지 않는 고독한 그 자태
너무나 안쓰러웠다오

(2022. 5. 18)

까치 설날의 추억

어린 날 아낙네들은 아궁이 앞에 앉아
솥뚜껑 뒤집어 걸어놓고
들기름 넉넉히 부어가며 다섯 가지 적을 부치던
까치 설날이 아슴아슴 생각나네요

노랑 저고리에 진달래색 진분홍 꽃치마를
지어 입혀주시면 팔짝팔짝 뛰며 좋아하던
어린 나를 바라보시며 큰 당숙모는
어머니, 숙모와 함께 크게 웃으셨었지

우리 문자 저거 저렇게 예쁜 걸 누구한테 시집보낼까?
나 시집 안 갈래, 시집가면 신랑이 때려!
나의 말이 끝나기 무섭게 박장대소하시던 분들
이제는 천상에서 오늘은 모두 어떻게 지내실까?

시집 안 간다던 소정은 때리지 않는 신랑 만나서
아들딸 낳고 희희낙락 잘살다
이제는 팔봉산도 거뜬히 넘은 꼬부랑 할매되어
일주일에 3일은 할배 휠체어를 밀고
병원문을 드나들며 추억을 씹고 있답니다

(2024. 2. 9)

토종닭

지난해 복날 영계백숙을 해주었더니
큰 닭이 맛이 좋은 것이라고 하더이다
그래서 중복인 어제는
거금 일만 팔천 원을 주고
토종닭 한 마리를 사 왔지

큰 토종닭 뱃속에
마늘과 대추를 듬뿍 넣고
찹쌀은 면 주머니에 넣어
압력솥에서 오래 익혔더니
가장이 맛나게 들더이다

옛날 어머니는 기르던 토종닭을 잡아서
자주 할아버님께 보양식을 해드렸다
잡힌 닭의 두 날개를 모아 쥐고
등을 다른 한 손으로 톡 내려치면
닭은 비명도 못 지르고 절명했었지

커다란 그릇에 담긴 죽은 닭에
펄펄 끓는 물을 부어 골고루 적셔서
털을 깨끗이 뽑아내고 씻었지
그리고 배를 가르고 보면 크고 작은
영롱한 구슬 계란이 알알이 박혀있었지

(2022. 2. 24)

집 생일 2

세상의 모든 사물은 생자필멸이니
자기 직분을 잘 수행하려 하고 있지
사람은 태어난 날을 귀하게 여겨서
해마다 생일을 기대하고 잔치를 벌이는데
말 못 하는 동식물과 무생물은 어떤가

우리 아파트도 생일이 있겠지만
건립된 수년 후에 이사를 와서
우리 집 생일을 이사 온 날로 정했지
그러구러 벌써 올해로 이십 년이 되네
올해도 목욕재계하고 그전처럼 준비했네

해마다 정오를 기준으로 해서 오시에 지냈는데
올해는 나이 탓인가 지내고 보니
오시가 훌쩍 넘어 버렸네
아무렴 이면 어떨까?
어머니는 가을 고사를 늘 초저녁에 지내셨지

이웃과 과일과 떡을 나누어 먹는 재미 쏠쏠하네
오늘 저녁상은 삼겹살과 밤 막걸리를 내놓고 마시며
문촌 선생과 희떠운 이야기로 시간을 보내야지
정성을 다하여 가정의 안녕과 자손 번성하도록 기도했으니
또 일 년은 아무 탈 없이 마음 편히 지내겠구나

(2022. 7. 9)

미호강

연일 계속되는 장맛비에 내 고향 비 피해가 가장 크단다
어린 시절 청주 고향 집에서 조치원 장터까지는 삼십 리
라 했지
소장수 웅기 아버지는 닷새마다 소 팔러 조치원을 다녀
왔는데
장날 저녁이면 술에 만취해서 6·25 때 북으로 끌려간
큰아들 이름 불러대며 동네 사람들 귀가 따갑도록 울부짖었다

조치원 가는 길 중간에 미호천이 흐르고 있는데
계속 내리던 장맛비에 오송 궁평지하도 대형참사가 났다고
연일 매스컴을 강타 전 국민 가슴을 답답하게 하네
70년 전 초등학교 2학년 때 소풍 갔던 곳의 추억
그때 그 옛날 탑수강다리가 내 시야를 어지럽히네

이제 촌티를 벗고 미호강이라는 멋진 이름도 얻었건만
천재(天災) 아닌 인재(人災)라고 원성이 난무하는데
휴일에는 공적인 일은 모두 '나 몰라라' 하도다
현대는 공적인 일보다 개인을 우선시하는 의식의 병폐가 깊다

(2023. 7. 16)

참 행복한 나태주 시인

나태주 시인과 나는 같은 세대
비슷한 환경의 농촌에서 자란
교사 출신으로 늘 동질감을 느꼈지

한적한 마을 파란 지붕 정결한 고향집 안마당에는
시인 자신의 결혼기념식수로 심은 키 큰 감나무
주렁주렁 매달려서 먼저 우리 일행을 반겼다

나태주 시인의 전갈을 받고 동생분이 기다리다가
98세 아버님과 함께 기쁜 얼굴로 우리를 맞으셨네
동생도 교사 출신, 참 효성스럽더이다

그 많은 단감을 동생분이 장대를 휘둘러 가지째 잘라
우리 26명에게 아낌없이 나누어 주셨네
고맙고도 황송하더이다

대문 밖 풀꽃 잔디 위에 작은 풀꽃 시비가 서 있어
동생 나선주 님을 가운데 두고 기념사진을 찍었지
외로운 줄만 알았던 나태주 시인은 참 행복한 시인이더이다

(2022. 12. 6)

우리 동네 개봉1동

우리 동네는 부천과 오류동에 잇닿은 매봉산 아래
우뚝 솟은 개봉1동 209세대 18층 건영아파트와
아래쪽은 80년대 건설 붐으로 건축된 상가와 빌라촌
에던 장애인 종합복지관과 개봉중학교 미소들 병원
그리고 대부분 3, 4층 빌라촌 사이사이 작은 공원과
어린이 놀이터가 있고 마트를 겸한 마당 쉼터가 있다
지팡이나 전동차를 이용하는 노령인구가 늘어나는 동네
울창한 숲과 습지공원이 있는 공기 좋은 산 아래 동네이다

우리 마을에 오려면 개봉중학교 아래가 종점인
개봉전철역 출발 2번 마을버스를 타면 된다
남부순환도로부터 뻗은 5백 미터 정도 도로 양쪽 상가에는
어린이집 마트 약국 세탁소 꽃집 피자집 떡집 빵집 커피
점 정육점
미장원 이발소 동물미장원 철물점 한의원 병원 치과 부
동산 페인트 가게
화장품 가게 곱창집 김밥집 반찬가게 칼국수집 DC백화
점 등이 있어

면 시장에 안 가도 불편 없이 사는 곳, 그러나 500m 상
가 밀집 도로에
들어서면 택시 기사가 자주 투덜대며 들어오는 옛스러운
동네이다

우리 동네가 널리 알려진 것은 미소들병원 덕분이지 싶다

(2023. 7. 9)

서울 아리랑

아리랑 아리랑 아라리요
아리랑 고개로 넘어간다

① 서울, 서울은 대한민국 수도
이름도 멋져 좋구나 좋아

② 북한산 기암괴석 한강 다리들
아름다운 고궁 어울려 경치도 좋구나

③ 세종대왕 창제 한글은 으뜸 글자
세계인을 선도하는 한류문화로다

④ 태극기 휘날리는 광화문 광장 북촌 한옥마을
명동 인사동 남대문 시장 관광객 북적북적

⑤ 남산타워 롯데타워 123층 한강공원
도심 야경 자동차 행렬 불빛도 끝내주네

⑥ 의료기술 과학기술 문화예술 분야까지
세계 최고라고 이름 떨치네

⑦ 역사 이래로 가장 풍요로운 세상이 왔다네
얼씨구 좋구나 좋아 배부른 세상이다

아리랑 아리랑 아라리요
아리랑 고개로 넘어간다

(2023. 6. 21)

잣절공원 산책

여명이 밝아올 무렵 웬 병아리 소린가?
창문을 열고 보니 온갖 새들이 삐악삐악
저녁 식사 후 산책에 나서면 어둑어둑
습지 공원 나무다리 건널 때 불빛 번쩍!

가로등 점등과 동시에 울려오는 소리 개굴개굴

한쪽에선 밤낮없이 뿜어 올리는 분수 소리 높인다
잣절공원 운치 있게 늘어선 능수버들 한들한들
연꽃과 온갖 물풀들 실바람에 향긋한 풀냄새 풀풀
아! 여기가 서울특별시 맞는가? 내 고향이로다

*구로구 개봉1동 우리 동네 잣절공원(2023. 7. 7)

5부

문학기행

남대천 나들이

연어의 고향 남대천 늘 상상만 했었지
4월의 황홀한 봄날 나들이
양양 진고개 진달래 만발해
행복한 마음 풍선처럼 들떴지

째복탕 째복전 째복무침으로 점심 후
남대천 황포돛배 유람선 승선
물살을 가르고 힘차게 튀어 오르는
큰 숭어와 황어에 모두 덩달아 흥분

수상 레포츠센터 2층에 올라 카페에서
커피를 마시며 주변 경관을 감상했지
봄꽃 만발한 남대천 둔덕 봄바람 따라
청춘들은 물론 남녀노소 많이 몰려드네

(2023. 5. 6)

단양강 봄 소풍

애석리 신동문 시인의 옛 농장을 둘러보고
도담삼봉과 거대한 석벽 사인암과 청련암
발걸음 닫는 곳마다 기이하고 아름다운 풍광일세
따사로운 봄빛 맑고 청청한 하늘 아래 단양강
기암괴석 바라보며 걷는 잔도길 눈 호강 잘했네

셔틀버스로 구불구불한 산길 올라간 꼭대기
소문 자자한 만천하스카이워크 입구에서 하차
나선형 계단을 오르고 올라간 천상
요술에 걸린 듯 신비로운 아찔한 쾌감이여!
단양 산하를 발아래에 두고 허공을 걸었네

(2022. 3. 18)

익산 미륵사지와 왕궁터

늘 궁금해서 한번 가보고 싶던 곳 익산
매스컴을 통해서 바라본 광경은 신비로운 곳
코로나19로 관광은 엄두도 못 낸 지가 얼마던가
논산 문학기행을 마치고 운 좋게 덤으로 익산행이다

고속도로 질주하는 차창으로 바라본 넓디넓은 평야
옛부터 곡창지대라더니 온통 토질이 좋은 황토로구나
천 년 전 백제 때의 절터 어이 이리도 지세가 좋을까
미륵사지의 특이한 기하학적인 탑의 모습 그 예술성!
우리는 예부터 문화민족이었구나 그 특이한 아름다움

서동과 선화공주가 산보했다는 부여 왕포천과의 거리는
얼마나 될까?
미륵사는 선화공주의 발원에 의해 세워졌다던 삼국유사
기록이 뒤집히는
2009년 미륵사 서석탑 사리공 안에서 금제사리봉안기가
발견되었다네
사택적덕의 따님인 사택왕후가 선한 인연으로 가람을 세우고
기해년(639) 정월 29일 사리를 봉안했다네

익산시 왕궁리 중앙에 있는 왕궁터 완만하게 오르는 오르막길 오층석탑
정림사 오층석탑과 꽤 닮았네 절반쯤 남겨두고 탑을 배경으로 사진 찰칵
이렇게 좋은 왕궁터가 있을까? 문화해설사의 도움으로 백제를 다시 알고
발굴해 놓은 기왓장이며 그 시대에 사용했음직한 화장실 구경을 하였네
귀경하기 전에 익산의 별미 녹차를 갈아 넣어 만든 맛난 수제비를 먹었지

(2022. 4. 1)

화담숲에서

봄도 무르익어 라일락 향기 피어오르네
해맑은 봄빛 즐기려 화담숲을 찾아갔지
너도나도 함박웃음 머금고 즐거운 환호성

잘생긴 적송 앞 표지석 시선을 잡아끄네
화담숲 그 유명한 서예가 정도준 판본체구나
표지석과 소나무를 배경으로 기념사진 하나 찰칵

모노레일 타고 자작나무 숲을 지나 제2승강장에서 내려서
양지식물원 소나무정원을 둘러보고 벚꽃 한들한들 춤추는 길
모노레일 제3승강장에서 홀로 탑승하니 신선이 따로 없구나!

(2022. 4. 20)

대청호 호반길

오월의 대청호 물길 오백 리
잔잔한 호수 물가를 걸었네
모랫길 잡풀 속에 피어난 망초꽃
수줍은 처녀의 미소 같은 메꽃
어릴 때 목걸이 만들던 하얀 감꽃은
어쩌다 길을 잃고 이곳에 피었을까
푸른 숲속 커다란 나목은 경이롭구나

명상정원에 앉아 호수를 바라보았네
하얀거위 회색거위 물장구치며 노니네
겁 없는 친구들아! 먹을 것을 찾느냐
우리 일행이 던져주는 옥수수알갱이
물가로 나와서 잘도 받아먹는구나
세 그루의 나무를 안고 있는 모래섬
나는 거위들과 호반 길 낭만 부채질하네

(2022. 5. 28)

청계천을 거닐며

2호선 전철 용두역 5번 출구로 나가
청계박물관 청계천 판자촌 체험관
마장국민학교 청계다방 짱구만화 가게를 구경하고
청계천 데크로 내려가 청계천 22개 다리 중
김정호의 호를 딴 22번째 다리 고산자교를 만났다

이명박 대통령의 제일의 업적 청계천은
잘 정비된 수변의 나무와 풀꽃과 어울려
홍매화 벚꽃이 더없이 아름답고
청량한 맑은 물속에는 크고 작은 물고기들 노닐고
황새 해오라기가 유유히 놀다 날아오르기도 하네
빌딩 숲 사이를 이렇게 청계천이 별천지를 이루고 있다니

이만큼 청계천을 잘 유지 관리할 수 있는 것을 보니
선진경제대국에 들어섰다는 말이 믿어지는구나
21번째 다리 두물다리 20번째 무학교 19번째 비우당교
18번째 황학교 17번째 영도교 16번째 정약용의 호로 지
은 다산교
15번째 맑은내 다리 14번째 다리 오간수교를 지나고
전태일 동상이 앉아 있는 13번째 버들다리에서 종로 5가
광장시장으로 나갔다

청계천 전체가 5.8㎞라 하니 절반도 걷지 못하고 식당을
찾았다
여러 종류의 즉석 음식을 지지고 볶아내는 명물거리 광장
단체 예약도 가능한 2층 박가네 빈대떡 2호점으로 안내
되었다
해물 빈대떡과 비빔밥과 동동주로 10,000보 걸음의 피로
를 풀었다

(2022. 4. 22)

*청계천 22개의 다리

1.모전교 2.광통교 3.광교 4.장통교 5.삼일교 6.수표교 7.관수교 8.세운교 9.배오개다리 10.새벽다리 11.마전교 12.나래교 13.버들다리 14.오간수교 15.맑은내다리 16.다산교 17.영도교 18.황학교 19.비우당교 20.무하교 21.두물다리 22.고산자교

이육사 문학기행

1941년생 이옥비 여사의 특강
세 살에 여윈 아버지의 한 점 혈육이라 했다
어머니 입을 통해서 얻은 아스라한 추억
문학관 확장공사 등 열일 다하여
선친의 빛나는 업적 세상에 더욱 돋보이게 했단다

묘소 찾아가는 길 험한 산길 왕복 5.8㎞
젊은 시인들에게 폐가 될 수는 없지
두 번째로 목적지에 다다랐다
높은 산 오르고 올라 찾은 명당
나라 위해 바친 생명 죽어서 보상받은 듯 어엿하다

청포도 절정 광야 초가 시비들을 돌아보고
사진도 찍고 시 낭송도 했다
왕모산 갈선대 절정에 올라 〈절정〉을 썼다는데
갈선대까지는 너무 힘들어 백여 미터 앞에서 바라보았네

베이징 일본 총영사관 감옥에서 1944년 1월 16일 순국
1990년 건국훈장 애국장 금관문화훈장을 추서 받으시고
2004년 안동 도산면 원촌마을에 이육사문학관과 시문학상이 제정되었으니
죽어야 산다는 말을 여기 와서야 실감했네

(2022. 4. 16)

유명산 휴양림 숲 체험 2

지난해에 이어 두 번째 유명산 숲 체험
더욱 새롭게 스트레스 분석, 혈관 분석
건강을 체크하고 숲속에 들어가 누워서
하늘을 바라보며 명상을 한 숲 힐링
심신이 정화되었는가, 눈이 크게 떠지는 느낌이다

숲 해설사를 따라 산책하면서 공부하는 시간
생강나무는 잎줄기 열매 모두 한약재로 쓰이며
천남성은 장희빈의 사약으로 쓰인 3대 독초
누리장 나뭇잎은 원기소 냄새가 났고
박쥐나무와 고추나무 개고사리는 생김새 대로였다

산고양이 한 마리 발견하고 가지고 있던
비스킷과 우유를 주었으나 먹지 않는다
'살아 있는 자가 강한 자이다'
먹이가 동물이나 식물의 세계에서 제일이지
내 작은 배려가 고양이에게 도움이 되길 바랬다

실내 공작실에서 독서대를 만들었는데
지도 선생에게 하나하나 설명을 들어가면서
손자에게 줄 선물 하나 잘 만들었다
단풍으로 깊어가는 가을 노란 산국의 자태
이 가을의 모습이 오래 기억되리라

(2022. 10. 10)

남도 가을여행

거금을 투자한 보람으로 꿈에나 그려볼
슈퍼리무진 25인승 싸롱차를 타고 편안하게
남으로 남으로 삼백 킬로를 달려간 구미 칠곡 군위
과거 현재 미래를 한꺼번에 경험하고 즐긴 여행
성공한 인재들과의 유쾌한 여행이었어요

빈곤을 물리치고 조국에 풍요를 안겨준 박정희 대통령 생가
견학
선진국으로 끌어올린 일등공단 구미공단의 도레이첨단소
재 회사 방문
역사적인 한국전통 경기광주이씨 종택과 제16대 종손 종
부의 인품에 반하고
하늘과 땅 사이의 오로지 하나의 낙원 에덴동산 같은 청
정한 사유원思惟園의
자연과 예술을 접하고 사심 없이 끝없는 환희를 만끽했어라

'하면 된다'는 철학을 심은 박정희 대통령 생가에서 찍은
첨단 사진
반세기 전의 경부고속도로 착공 지도를 보고 생각하게 되네

세계 속에 우뚝 선 대한민국 여기까지 발전한 우리나라의
자연환경
여생을 어떻게 보내야 할 것인가, 더불어 동행해 준 젊은
이들의
신선한 사유(思惟)에 동참할 수 있어 꼬부랑 할머니 참으
로 행복했오

(2022. 9. 26)

양양의 환희

풍광이 아름다운 8월의 양양 바닷가
코로나 시대 140여 명 함께한 여름시인학교
이름 높은 시인들의 특강에 귀 기울이다가
시 낭송과 시 쓰기 대회에 참가한 후배들 바라보니
모두 유연하게 실력 발휘 참 잘한다

하룻밤을 묵혀두었다가 발표된 결과물
우리 그룹 시 낭송에서 우수상
시 쓰기 대회에서 대상 없는 차상과 장려상
행운의 보물찾기도 수준급
즐거운 비명 여기저기 가슴 펑 터질라!

(2022. 8. 21)

해미읍성(海美邑城)

서산시 해미읍성은 정문 팔작지붕의 진남루(鎭南樓)로 들어가서
여러 종류로 온갖 자태를 자랑하는 무궁화동산
조선시대 병장기 전시장을 지나 동문 잠양루 앞 오르막
코스모스 꽃길을 오르면 옆으로 누운 소나무가 운치를 자랑한다
무예를 익히고 휴식을 취하거나 시를 짓던 청허정과 대숲이 반긴다

오래된 소나무 숲이 있는 구릉에서 바라보면 눈 아래의
넓은 평지를 포용한 읍성의 영역이 상당히 넓다는 것이 매우 놀랍다
서문 지성루(枳城樓) 포루가 바라보이는 동헌 객사 국궁체험장 등에서
마침 서산해미읍성축제가 열리는 중이라 많은 사람이 모여 있다
이십여 년 전 옛 모습은 간데없고 성을 둘러싼 석축과 진남문만이 그대로였다

(2022. 10. 7)

남한강을 따라서

우리 문학계의 큰 별 셋 그 흔적
찾아가다가 버들강아지 막 피어오르는
까치발 뜨고 남한강가 습지도 걸어보았네

시인은 와병 중이라는 신경림 생가
빨간 지붕 연갈색 벽엔 누가 그린 그림인지
멋진 벽화 돌담 아래엔 노란 민들레만 빙그레

목계나루터의 목계 장터 시비
노원 초등학교의 농무 시비는
우리의 눈길을 끌고 깊은 감회를 모았다

작은 초등학교를 매입하여 꾸민
아기자기한 오탁번의 원서문학관은
고인이 된 주인을 잃고 방치된 상태

원주 박경리 문학관은 가는 날이 장날
건물 수리 중이고 휴관 일이라 주위를
한 바퀴 돌면서 외관만 바라보았네

(2024. 3. 30)

6부

좌우명과 애국심

좌우명

학행일치(學行一致) 배운 대로 행동하라
초등학교 졸업식에서 당부하신 교장 선생님 말씀
평생 길잡이로 나를 안내해 주었네
얼마 남지 않은 인생, 끝까지 함께 가야지

(2023. 3. 14)

나라 사랑

세계 10대 경제 대국 이룬 애국심은 어디 갔나요?
가난할 때는 대통령부터 유치원 어린이까지
우리 태극기를 경건하게 소중하게 여기더니
이제 우리 국민 태극기 사랑이 식었나요?

국경일에도 태극기를 게양하지 않는 국민
오랜 세월 태극기 깃발 펄럭이면서
고생하던 시기는 생각하기도 싫은가요?
좀 잘살게 되었다고 이래도 됩니까?

국경일이면 우리나라 집집마다 거리마다
나라 사랑 자랑스럽게 휘날리던 태극기
대한민국 상징의 깃발 애국심 되살려
국경일에는 태극기를 자랑스럽게 꼭 내겁시다

(2022. 7. 1)

태극기 게양하는 마음

내일모레면 광복절이다
마땅히 자기 집에 태극기를 게양해야 하지 않을까?
그런데 이 당연한 마음을 간직한 국민이 얼마나 될까

엊그제와 어제는 구청장과 구 주민자치과장, 동장과
우리 아파트 '국경일에 태극기 게양 잘하기' 문제로
문자 메시지와 전화로 소통해 보았다

나의 꿈은 요원하다는 것만 확인했지
안 되는 이유를 열거하니 할 말이 없었다
개개인의 자발적인 자유의사여야 함은 마땅하다

어제가 마침 백중이라서 원각사 법회에 참여하여
주지 스님의 효심에 대한 법문을 듣고 기다렸다가
나라에 충성하는 자가 효도도 한다고 말씀드렸지

국경일에 절에도 태극기를 게양하고 이런 법문을 해달라
했네
이제 내가 우리 아파트에 후원한 태극기가 163본이나 되는데
입주자 임원과 공직자부터 태극기를 게양해 주면 좋겠다
나는 왜 이 문제에 그리도 집착하고 있을까?

첫째로 진실하게 사는 것
둘째로 아름답게 사는 것
셋째로 보람 있게 사는 것을 추구하고 있기 때문인가

(2024. 6. 20)

태극기 춤

인구 사십만 명의 수장과 통화
의사소통이 잘 되기를 바라네
내가 행복하고 그분도 행복하면
우리가 사는 지역 전체가 행복할 거야

애국심이 둘이 합쳐지고
사십만 인구가 합쳐지면
나중에는 오천만이 합쳐지겠지
태극기의 강력한 힘으로 뭉치자

태극기 물결 광복절에서 보자
구로구가 앞장서겠다
아! 대한민국!
힘껏 날아라 태극기야

구로구가 앞장서겠다
아! 대한민국!
힘껏 날아라 태극기야

택배기사

추석을 앞두고 열흘 전부터
택배기사는 너무나 바쁘다
잠도 제대로 못 자고 24시간
물건 배달에 시간을 다 보내니
건강 이상이 올까 걱정된다

얼마나 바쁘면 현관문 밖에
새벽 5시에, 자정에 툭 소리와
급히 엘리베이터 문 닫히는 소리가 날까
우리 집만도 10회 이상의 추석 선물 도착이니
택배기사님 잠 안 자고 배달할 수밖에

택배기사님 감사합니다
몸조심하세요

(2022. 9. 6)

코로나19 감기몸살을 겪다

문촌 8월 20일 토요일 병실에서 신장투석 중
으슬으슬 춥고 체온이 38.5℃로 열이 오르더란다
21일 일요일 둘이서 오류역 광장에 가서
코로나19 PCR 검사를 했는데 소정은 미확진
문촌은 확진자로 일주일간 자가격리라
동네병원에서 약 처방받아 복용하면서
응급차 타고 광진구 혜민병원까지 가서 격리 투석 3회 했지
소정도 감기몸살 기운을 느껴서
이틀 후인 23일 코로나19 PCR 재검사를 하니
확진자라고 29일까지 자가격리 지시를 받고
5일분 약을 처방받아 복용하면서 가볍게 감기몸살을 앓았네

구로보건소의 지시대로 일주일간 자가치료 후
30일 해방되어 바깥 구경을 나가서 일상의 자유를 누렸다
5월에 4차 예방주사를 맞고도 코로나19에 걸렸지만
다행히 가볍게 지나간 것 같아 감사하다
가장 감사한 일은 투석환자가 코로나19 확진자가 되니
구보건소에서 바로 지침이 내려와서 응급차를 이용
격리병원으로 이동 신장투석을 하고 귀가시켜주는

시스템화된 정보기술의 혜택을 받은 점이다
하루에도 10만 명 환자가 발생하는 시기에 기저질환자로서
이만해도 다행으로 생각하면서 건강 회복에 힘쓰련다
IT 의료과학 시대의 혜택 국가에 감사한다

(2022. 8. 30)

보상

초여름 피로가 겹친 탓인가
일찍 잠자리에 누워 있자니
살며시 방문이 열리며
평소와 다른 목소리 들어온다

통장에 삼백만 원이 입금되었다네
고교 동창생 한 분이 보내왔다네
반장을 한 것밖에 없었는데
문촌의 근황을 듣고 송금해 왔다네

젊은 시절 잠시 역병으로 고생하다가
완치 후 사업에 성공했다는 친구
신장 투석으로 고생한다는 문촌 소식에
동병상련의 아픔을 느꼈나 보다

엊그제 이른 아침 지하철 계단에서
돈통을 앞에 놓고 구걸하는 노숙자에게
아침을 어서 든든히 사 먹으라면서
오만 원짜리 한 장 아낌없이 주었지

노숙자에게는 오만 원이 거금이고
우리에게는 삼백만 원이 거금이다
좋은 마음 선순환으로 아마도
그 친구에게는 삼억이 보상될 거야!

(2022. 6. 1)

보스(Boss)

며칠 전 28년 전에 공부한 서강STEP
여성동우회 회장 이취임식이 있었어요
화가도 있지만 여성 사업가들 모임입니다
외유내강의 소유자들이라 대부분 여성스러워요
신임회장은 자수성가한 내로라하는 여사장
웬만한 남성은 고개도 못 들 정도로 당찹니다
건배사를 제의하면서 분위기가 확 바뀌었어요

오늘부터 여러분의 보스가 되었어요
새로운 출발에 모두 적극적인 참여를 부탁합니다
제가 건배사를 제의하면 여러분은
예, 형님! 하고 크게 외쳐 주시기 바랍니다
모두 큰소리로 기분 좋게 외쳤습니다
예, 형님! 동우회가 아주 잘될 것 같아요
우리는 꼼짝없이 회장의 수하가 되었습니다

보스는 어느 집단의 최고 책임자를 일컫지요
우리나라 최고 책임자는 대통령
나라도 보스가 바뀌니까
모든 상황이 확 바뀌어 가네요
좋은 방향으로 바뀌는 것 같아서 기분 좋아요

(2022. 5. 26)

의료과학의 발전

지아비 신장 투석을 하는데 15년
혈관이 자주 막혀서 팔뚝에 인조혈관을 심었다
수술 전 부분마취냐 전신마취냐
이식외과 담당의사와 마취과 의사
특별한 관심으로 부분마취 채택
호흡 맞추어 정성 기울인 수술

지난달 전시했던 시서화 〈소정 서예전〉 도록
두 분의 심미안을 자극했던가?
환자 귀에 들리더라는 두 분의 대화 전언
그래 그렇지, 정성을 다하면 하늘도 감동하지
지아비 3박 4일 입원 시중드는 일
팔순 노파에겐 버거운 일이었다

일주일에 3회씩 먼 거리 택시로 왕복하는 환자
오늘도 지팡이를 짚고 현관을 나서는데
함께 나가서 택시 문을 열어주고 기도하는 마음
오늘도 무사히 피 흐름이 원활하기를 빈다
의료과학의 발전으로 100세 시대는 열렸으나
지팡이나 휠체어에 의지하는 사람들이 많더라

(2023. 10. 25)

7부

이상향

세배요

설날 이른 아침 창밖은 참 아름다워요
밤새 하얀 눈이 내렸어요
아파트 마당 언덕진 골목길 오가는 자동차
설 차례 지내러 설설 기며 오가네요

큰집 작은집 모두 모여 정성으로 차린 음식
경건하게 조상님께 절하고 떡국 먹었어요
할아버지 할머니 세배 받으세요, 세배요
떡국 먹고 한 살 더 먹고 철이 났나요?

무럭무럭 자라서 넙죽 절하는 우리 손자들
세뱃돈 받아들고 싱글벙글하네요
아버지 어머니도 세배받으세요, 세배요
어린 손자들 서로 다투어 세배합니다

세배가 좋은 것인지 세뱃돈이 좋은 것인지
두 손 가득 세뱃돈 받아들고 싱글벙글
나도 꼬까옷 입고 저렇게 세배할 때가 있었지
아 세월의 무상함이여 세배받으세요, 세배요

(2022. 2. 1)

새해 첫나들이

새해 초이튿날이다
매달 형님 내외를 모시고 점심을 했었는데 오랜 시간 격조하였다
코로나 정부시책에 순응하다 보니 동두천과 서울은 너무 멀었다
이제 그 견딤을 와해하고 늘 단골로 다니던 〈이 대감 고깃집〉을 찾았다

육십은 돼 보이는 단골 매니저가 반갑게 맞이하고
우선 붉은 복분자 술 한 병을 서비스하면서
'아기씨 한잔 받으세요, 도련님도 받으세요'
젊은 아낙의 애교 어린 언사에 귀가 몹시 간지러웠다

입에서 살살 녹는 최고급 쇠고기로 입안을 다독이고
빼우거지탕으로 배를 불리니 모두 만족한 얼굴이다
서로 가져온 물건을 교환하고 매니저의 배웅을 받으며
팔순 넘은 형제 부부 택시를 불러서 빠르게 귀가한 기분 짱!

함박눈 내리는 날의 애환

세모 이른 새벽부터 내렸는가
함박눈이 펄펄 푸근하게 내린다
강아지와 함께 눈밭을 쏘다니던
어릴 적 즐겁던 광경이 떠오른다

수년 만에 흠뻑 맛보는 함박눈 풍경
숨 가쁘게 노령산맥을 넘는 우리 부부
눈 풍경 낭만보다는 병원 가야 하는데
택시가 원활하게 잡힐까 걱정이네

다행히 예약 콜택시 잘 잡혔다
설설 기어가다시피 조심조심
운전사는 가까운 정형외과에 날 내려놓고
한 시간 정도의 먼 거리를 향해 달려갔다

의사와 상담 진료 후 물리치료를 마치고
귀가하려니 한낮이라 기온이 상승했는지
진눈깨비로, 비로 변한 거리 미끌미끌
십여 분 택시를 기다리다 버스를 탔다

버스에서 하차 후 우산을 쓰고 걷다가
아이쿠! 조심했건만 앞으로 고꾸라졌네
손목과 무릎찰과상만 입어 다행이다
내일 하루만 지나면 팔봉산 고개 잘 넘는다

(2023. 12. 30)

눈 풍경

이른 아침 거실에서 바라본 서창 풍경
희끄무레한 회색 하늘에서 이리저리
춤추며 펄펄 내려오는 천상의 선물
산마루 나목들이 춥다고 했는가
온통 하얀 옷 입히고 있네
자목련 아카시아 후박나무 두 팔 벌려 반기고
누군가의 부모 산소에도 눈 이불이 덮히네

동창으로 바라본 세상 빌딩 숲 아래
키 작은 빌라촌 옥상이며 기와지붕에도
줄지어 세워둔 아파트 마당 자동차에도
똑같이 하얀 눈 세례 서설 축복내리네
어린이집 노란 자동차 라이트 켜고 껌벅껌벅
눈 우산 쓴 아낙네 발길 조심조심 어딜 가시나
덩달아 내 가슴 이리저리 날아다니네

(2023. 2. 8)

군자란의 변심(봄봄봄)

십 년도 훨씬 전 둘째가라면 서러운 서예가
기르던 군자란 화분을 내게 안겨주셨다
해마다 새봄이면 곱고도 우아한 자태로
꽃을 피우던 군자란 꽃송이
올해는 열세 송이를 피워 올렸네

신선 되어 백이십 세를 사시겠다고
매일매일 하루 세 차례씩 기도하시더니
구십 세도 못사시고 지난해 저승사자에게 낚였지

해마다 우아하게 고상하게 새봄을 알려준 군자란
올해는 스승이 안 계신다고
아주 방자하게 요염하기까지 한 자태이네
그 요염한 모습에 반한 소정은
스승님은 천상에서 신선이 되셨는지 궁금타

(2023. 4. 14)

봄꽃

이제 완연한 봄입니다
가슴에 봄바람 들어
논산과 익산을 다녀오고

내일모레는 유채꽃 보고파
3박 4일 일정으로
제주도로 갑니다

내 고향 무심천변에는
벚꽃이 막 터지고 있다는
소식이 사진과 함께 올라왔어요

우리 집 베란다도 웃어보라고
꽃말이 설렘이라는 환한 봄꽃을 샀어요
원산지는 마다가스카르라는 칼랑코에

(2022. 2. 24)

봄살이 이상향

쪽빛 하늘과 청정한 바닷물
제주도 어디를 가나
싱그러운 봄바람 일렁일렁
유채꽃 춤추는 모습 장관이네

도로마다 벚꽃 길 유채꽃 길
고개 들면 하얀 벚꽃이
눈 아래는 노란 유채꽃이
환하게 웃으며 맞이하는 곳

아담과 이브도 모를 아름다운 곳
한 달 살이 두 달 살이 모여드는 이유
가파도 우도 비양도 마라도 품고 있는
아름다운 강산 살기 딱 좋은 제주도라네

(2022. 4. 15)

상화원(尙和園)

방조제 공사 다리로 이어진 섬 보령 죽도
한국의 이상향 상화원(尙和園)이라 명시된 입구부터
고목의 팽나무 산뽕나무가 있는 해송 숲속
전체가 옛 궁전에나 있을 법한 신비의 정원
푸른 바닷물결과 자연이 잘 어우러진 섬

마치 옛 궁전에 온 듯한 마루와 지붕으로 이어진
긴 회랑을 걷다 보면 옛 정취 보존 의지가 뚜렷하다
이전된 화성관아와 고창읍성과 전통 한옥에 대숲과
연못 분재원 석양정원 명상관 한옥 전통찻집이 있어
찌들었던 심신이 저절로 정화되는 듯 상쾌하다

(2022. 10. 7)

4월의 향기

라일락 향기가 상큼하게 코끝을 스치네
아! 벌써 사월 그날이구나
우리 예쁜 공주 태어난 날
이 꽃향기처럼 꿈꾸던 모든 것
아름답게 예쁘게 펼치며 살아가다오!

푸른 숲 맑은 물 흐르는 강가에
한가로이 노니는 백로를 바라보고 싶네
세상 살아가며 남의 눈에 눈웃음 짓게는 못할망정
피눈물은 흘리게 하지 마라
인내하는 힘을 기르라

살다 보면 고되고 힘든 시간도 오리니
인내는 쓰다, 그러나 그 열매는 달다
이 명언을 금과옥조로 삼아라
그러면 분명 밝은 날이 도래하리니
신선한 4월의 향기를 흠뻑 마시고 힘차게 걷자

(2023. 4. 23)

난초의 향기

동양란 화분 둘 베란다에서 늘
우리 부부 시선을 끄네
짙은 향기로 꽃 피우던 산천보세
푸른 잎만 보여주는데
봄가을 여름 없이 꽃 피우는 세엽혜란
노란 꽃만 자랑하네

무심코 꽃만 바라보다
향긋한 냄새가 아쉬워
향기로운 동양란 하나 사 올까?
아니 뭘! 여기 있구먼
향기가 너무 짙어서 걱정이지
고맙소! 그리 생각하신다면야

(2022. 7. 16)

붓꽃인가, 문주란인가

우리 집 제일 작은 화분 시클라멘은
꽃봉오리가 맺히면서부터 그 고운 자태
매일매일 기쁨을 주는 빨간 꽃송이
한 달 이상 참 오래도록 유지하고 있네

그런데 잎이 무성한 커다란 화분
꽃봉오리 여기저기 벌어지는가 하면
꽃잎 활짝 펼쳤다가 한나절 지나 접으면서
꽃잎 말아 떨어뜨리는 하루도 못 견디는 꽃

그 이름 궁금해서 알아보니
붓꽃일 가능성 90% 문주란일 가능성 20%
그러나 유사하지만 붓꽃도 아니다
그 이름이 무엇일까 궁금타

(2023. 8. 11)

시인과 낭송가

시를 좋아하는 그룹과 노래를 좋아하는 그룹이
결합된 시사랑노래사랑 올해 마지막 정기연주회
구로아트벨리시대는 막을 내리고 2023년부터는
서울의 교통요충지 신도림역에 인접한 더 좋은 곳에서
10년의 추억을 이어서 새 역사를 수놓을 것이다

시인 그룹을 책임지고 이끌어온 지난날의 보람에
새 얼굴 낭송가들의 성공적인 데뷔 이번 무대에서의 결실은
더욱 즐겁고 행복한 미래 무대를 열고 자랑스러워할 것이다
누구를 만나느냐에 따라 인생길 방향이 변한다는 것 진
즉 알았지
고맙다 말하는 걸 보니 그대들도 이미 마음으로 느끼고 있구나

소극적인 성격은 늘 노래 못하는 자신의 주눅 든 모습이었지
스피치 공부와 낭송 공부를 하고 대중 공포증을 물리치니
이렇게 즐겁고 행복한 세상이 열릴 줄을 누가 알았으랴
누구의 말이었던가
시인은 시를 쓰고 낭송가는 시를 낭송한다

(2022. 12. 11)

시월 낭만

가을이 곱게 물든 시월 중추(中秋)
세미원 돌다리를 건너고 가을 단풍잎을 노래하며
황혼 녘에 접어든 여인들 셋이서
가을향기 짙은 국화꽃 화원을 거닐며
노란 꽃 붉은 꽃 그 독특한 향기에 젖어보았네

경향 각지에 이름난 세미원 연못에는
여름내 곱게 피웠던 연꽃은 간데없고
추레하게 사위어가는 연잎 줄기와
주먹만 한 연밥만 여기저기서 제자랑 하는데
아름다운 젊은 남녀의 자태가 한없이 부러웠네

돌비석 가운데에 장식된 김남조 시 〈목숨〉을 읽고
연못가 정자에 앉아서 이 얘기 저 얘기하다가
젊은 시절 미처 깨닫지 못했던 지혜를 발견하기도
한다는 둥 성품이 넉넉해져 간다는 둥 하는 사이에
서쪽 하늘은 새털구름을 붉게 물들이고 있었지

(2022. 10. 17)

부채

오늘같이 푹푹 찌는 더운 날
시원하게 보내려면 신선이 되어야지
신선은 어떻게 되지?

우선 베적삼 베잠방이에
합죽선을 들고 느티나무 아래로 가서
바람을 부르면 되지요

(2023. 8. 11)

적응

— 유행의 힘이 참 무섭다

지하철에서 바라본 수많은 인파
모두 어디로 가고 오는지 그 표정들이 천태만상
그 옛날에는 걸치고 있는 옷과 스타일이
값의 고하나 빈부 격차가 한눈에 드러나고
여름철이면 역겨운 냄새가 진동했지

의식주 환경이 획기적으로 발전한 까닭인가?
겉모습으로는 도저히 빈부 격차를 알 수가 없다
많은 인파 속에서도 청량한 공기가 유지되니
전 국민 고학력 덕인가, 경제부흥 덕인가
모두 시민의식이 성숙된 까닭인가

겉모습으로는 부자와 가난뱅이 구별이 잘 안되는 현대
정장 차림의 양복 스타일과 빛나는 가죽 구두를 선호하더니
이젠 캐주얼한 의상과 운동화를 전 국민이 즐겨 이용한다
오늘 지하철 손님들 발을 보니 모두 운동화 차림
요즈음 정장이나 캐주얼한 옷이나 운동화도 잘 어울린다

(2023. 4. 2)

춘분(春分)

멀리 고향에서 구순(九旬) 오라버님이
오늘이 춘분(春分)이라고
이은상 님 시 홍난파 작곡
시 가곡을 보내주셨네

〈봄 처녀〉 노랫소리에
마음이 저절로 상큼해져서
매봉산 정상에 올라
서부 서울을 내려다보았지

수많은 빌딩과 아파트 숲
모두 희망의 봄빛이야
실바람 봄바람 높푸른 하늘에
흰 구름 두둥실

반쪽 낮달도 봄노래 하는 듯
하늘 높이 떠 하얗게 웃고
개나리는 아직도 기지개만 켜고 있는데
한 무더기 고운 진달래꽃이 반겨주네

(2024. 3. 20)

8부

부고

부고

앞서거니 뒤서거니 올해는 유독 부고가 많이 날아드네
아! 세월이 이렇게 덧없이 흘렀단 말인가
존경하는 스승의 사모님이 승천하셨단다
우리 부부와 동갑 부부인지라 더욱 애틋하구나
오늘은 중요한 일정도 뒤로하고 문상을 가야지

남의 일이 아니라 나 자신의 슬픔으로 다가온다
아침상을 마주하고 바라보니 아직은 편안한 얼굴
다행히 입맛도 잘 유지하고 단거리 보행은 가능하니
나의 취미생활이나 사회생활을 하는 데 큰 지장은 없었다
이렇게 소소한 행복을 나누는 시간이 줄어들까 두렵다

인생을 정리해야지, 언제일지 모르는 날짜
마음은 바쁜데 걱정하면서도 미련 때문일까?
정리할 것이 아직은 손에 잡히지 않네
확실히 살날이 얼마 안 남았는데 세상 욕심을 놓지 못하네
벗님네야! 함께 열심히 즐겁게 건강하게 행복하게 오늘을
살자

(2022. 11. 16)

쌍초상

내 문학의 아버지 큰 별
죽헌 김병권 스승님의 부음이 날아왔다
예비역 대령 출신이라고는 믿기지 않는 분
2000년 수필의 매력에 빠지게 한 영국 신사
한결같은 사랑 받으며 큰 어른으로 모셨지

열흘 전에 찾아뵌 것이 마지막일 줄이야
그래도 잘했어, 지난해 6월 23일 찾아뵙고
12월 2일 한국수필 공로상 수상하실 때
꽃다발 안겨드리고 2월 3일 찾아뵈었지

한국현대시협 명예 이사장 김규화 시인도 큰 별
부고 돌리느라 한국현대시협 사랑방이 난리네
불이 활활 타오른다 단아하시던 모습 아직은 젊은데
언제나 모나리자 웃음기 머금으시더니 부고가 떴네

93세 스승과 85세 한국현대시협 명예 이사장
두 군데 장례예식장 순회를 해야지
스승님은 동작동 국립현충원 충혼당에
시 협회 명예이사장은 대전 현충원 지아비 찾아간다네
문학계 수필가별과 시인별이 사라지고 있네

오탁번 시인

이제 겨우 팔순을 넘겼는데 어인 일입니까?
3년 전 공초문학상을 타신 오탁번 시인,
삼가 명복을 빕니다

(2023. 2. 15)

작은 거인을 만나다

오늘은 6·25, 어찌 이날을 잊으랴!
철없던 나이 일곱 살
피난 가는 것을
우리도 이사 간다고 좋아했었지
70년이 흐른 오늘은
공초 오상순 시인 추모의 날
코로나19 때문에
예년의 절반 정도만 참석했네
올해 공초문학상은 시림(詩林)의
작은 거인 오탁번 시인이 수상
그를 따라 수유리 빨랫골까지 갔지
해마다 조가(弔歌)를 부르며 주관하는
이근배 시인의 안내로
닭백숙 만찬까지 하고 헤어졌다
헤어지면서 시집을 교환했네
열한 권 중 마지막 한 권 『꽃시』를 건네니
딱 한 권 가져온 것을 준다하시네
자작 시집 『알요강』

(2020. 6. 25)

석별의 정

팔순에 접어든 꽃순이
꽃가마 타고 새집 찾아
오늘 이사 간다네
뒤늦게 소식 받고
이별의 손수건도 흔들지 못했네요

얼굴도 예뻐요 공부도 잘했어요
노래와 춤도 수준급이고
웃음소리도 참 명랑했어요
그대 얼굴만 바라보던 우리들
이제 어쩌나요?

저세상 좋은 자리 선점해 놓고
우리 맞이하려고 먼저 떠나나요?
우리의 아름다운 벗
이 세상 미련일랑 다 버리고 잘 가시오
다음 세상에서 다시 만나요

(2022. 7. 17)

제삿날 새벽 단상

오늘은 8월 1일 음력 6월 15일 유두
이제 창포물에 머리 감던 전통도 사라지고
부모님 제사마저 사라져 가는 신세대 세태에
노인이 된 우리 세대 마음은 편치 않다

어찌할 것인가, 성인도 세태를 따르라 했거늘
팔순 넘어 병들어 보행이 어려운 형수와 시동생
엊그제 일요일 미리 자식들 부축받으며
부모님 산소에 올라 미리 찾아뵈었던 모습

내년에도 또 보여드릴 수 있을까?

(2023. 유둣날 새벽에)

아버님 어머님

오늘은 임인년 2022년 음력 오월 스무날 아버님 기일
아버님 어머님 어서 오셔서 좌정하셔요
저희 4남매는 가족 모두 3년간 애먹인 코로나 방역에 잘
견뎌내고
오늘 부모님을 기쁘게 맞이하게 되었습니다
모두 부모님의 가호라 생각하여 감사합니다
4남매에 딸린 자식 손자들까지 일상의 자기 맡은 일
잘하면서 살고 있으니 참 다행이지요
부모님께서 저희에게 베푸신 사랑 본받아
자식 사랑하고 있으니 무럭무럭 자라는 모습 대견합니다

아버님 어머님
여름 과일도 풍성한 이 좋은 계절에
동생들이 정성껏 차린 음식 맛나게 흠향하소서

이달 초여드렛날은 작은아버님 기일이라
현식이네 집에 갔었지요
지난해 작은어머님 돌아가시고 올해부터는
서로 각자 형제들끼리만 지내자네요
제가 결혼하고 해마다 빠지지 않고 참석했는데
마지막 참석이 되었어요

세상은 참 빠르게 변화하여 사람 살기 좋은 세상인데
인간 수명이 유한하다는 것이 안타깝습니다
저희가 이웃을 배려하면서 스스로 즐기며 건강하게 살아가는
힘을 잃지 않도록 아버님 어머님 도와주소서
내년에 아버님 어머님 모실 때는 더욱 기쁜 일이 있으면 좋겠습니다
저희 4남매 아버님 어머님 하늘나라에서 만복을 누리시기를 기원합니다

2022년 6월 18일 문자 올림

문상

오랫동안 의식을 잃고
병원에 누워 있던 분의 부고에
가슴이 먹먹하고 눈물이 났다

평소에 자별하게 지냈으나
코로나가 문병을 막고 있었기에
손목 한 번 잡아보지 못했네

국립의료원 장례예식장으로 달려가
아무 말 못 하는 영정 앞에
국화꽃 한 송이 올린 것이 고작

좋은 환경에서 좋은 인물로 태어나
누구나 선망하던 의사라는 직업에
항상 온유한 얼굴로 아름답게 사신 분

아무것도 부러운 것이 없던 독실한 기독교인
아들딸 남편의 가없는 사랑 듬뿍 받으셨으니
이제 자유로이 훨훨 날아 천국의 문을 두드리소서

(2022. 6. 17)

어머니 목소리

어머니!
불러도 대답 없는 우리 어머니
아, 우리 어머니는 먼 나라에 계시지요
그래도 어머니 어머니 불러봅니다
어머니 목소리가 그리워서요

그리워 그리워 불러보는 어머니
그 목소리 듣고 싶어요
퍼뜩 시 낭송하시던 모습이 떠오르네요
어느 해 여름날 시사랑 노래사랑 무대에서
논개를 낭송하시던 그 고운 자태 아른거려요

아, 어머니 목소리를 찾아냈어요
아아 그리워 그리워 찾아낸 어머니 목소리
변영로 시 〈논개〉를 낭송하시던 모습과 함께 남겨진 목소리
대화는 할 수 없어도 이 귀중한 어머니 목소리
동영상과 사진들 더없이 소중하네요

언제까지나 소중히 간직하겠어요
언제까지나 언제까지나 어머니 목소리 간직하겠어요

(2022. 10. 17)

조사

—천상으로 오르시는 아주머님께

높푸른 하늘 풍요의 계절 시월상달에
하늘은 선인(仙人)만 불러 모으시나요?
어머니 세대에 드물게 학문을 익혀
지혜로운 말씀 나누어 주시던 아주머니
어린 시절 저에 대한 애정도 깊으셨는데
천수를 다하셨다는 부고를 받았네요

남성 우위 전통에 따라 어머니보다 한 살 아래인
아주머니에게 형님, 형님! 하시던
어머니께서 97세로 세상 하직하시더니 이제
아주머님마저 98세로 가시니 진정한 형님이 되셨네요
이 세상에서 친구처럼 자매처럼 다정히 지내셨으니
먼저 가신 어머니께서 하늘나라 안내 잘하시겠지요

지난여름 어머니 백수 생신날에 산소에 성묘한 후
아주머니 찾아뵌 그날이 마지막이 될 줄이야!
제 손을 꼭 잡아주시며 항상 건강하고 행복하라고
기원해 주시던 그 환한 모습 눈앞에 어립니다
여러 남매 훌륭하게 양육하신 자랑스러운 어머니로서
어머니 세대를 마감하신 마을의 마지막 큰 어르신

아주머니 자녀들과 누구보다도 돈독하게 지내는 저희 4 남매
앞으로도 그러할 것이오니 이제 이 세상의 잡다한 미련은 다 잊으시고 새로운 세상 꽃자리에 올라 무궁한 복락을 누리소서

2022년 시월상달 스무아흐렛날
소정 문자 올림

제사

전통적인 제사 문화가 참 많이 변했다
산 사람 위주로 간소화를 외치더니
먼저 돌아가신 분 기일에
함께 제사를 지내자고 하더니
그것조차 어렵다는 형님의 전갈이 왔다
기일 사흘 전인 일요일인 오늘
성묘로 대신하자 해서 산소를 찾았다
팔순을 넘긴 형님이 환자가 되고
며느리는 직장여성이니 어쩌랴

아들이 운전하는 시원한 자동차를 타고
철원 비무장지대 근방에 있는 부모님 산소에
송구한 마음으로 큰집 작은집 술잔을 올렸네
불면 날까 쥐면 터질까 애지중지 키워
헌헌장부로 자란 어머님의 손자놈이
제삿날도 못 지켜도 무방한 세태 변화
형제가 사촌이 된 두 아들을 바라보며
어머님 이놈들 잘 지켜주십사 빌면서
어쩐지 저는 얼굴이 뜨거워지더이다

(2022. 7. 10)

활짝 핀 군자란

해청 스승님 그립습니다
십여 년 전에 잘 길러보라고 주신 화분
올해도 군자란이 환하게 피었어요

제게 한 점 남겨주신 족자는
늘 거실 벽 거기에 그대로 서 있는데
눈 번쩍! 꽃송이 올해는 아홉이요

신촌세브란스 갈 때마다 스쳐 지나가는
선생님과 서예를 익히던 해청갤러리
가신 지 벌써 두 해, 선생님!

(2024. 3. 31)

팔봉산

민문자 지음

발행처 도서출판 청어
발행인 이영철
영업 이동호
홍보 천성래
기획 육재섭
편집 이설빈
디자인 이수빈 | 김영은
제작이사 공병한
인쇄 두리터

등록 1999년 5월 3일
(제321-3210000251001999000063호)

1판 1쇄 발행 2024년 7월 31일

주소 서울특별시 서초구 남부순환로 364길 8-15 동일빌딩 2층
대표전화 02-586-0477
팩시밀리 0303-0942-0478
홈페이지 www.chungeobook.com
E-mail ppi20@hanmail.net
ISBN 979-11-6855-266-1(03810)